# 土豆发芽
# 当花看

耿艳菊◎著

时代文艺出版社

图书在版编目（CIP）数据

土豆发芽当花看 / 耿艳菊著. —长春：时代文艺出版社，2019.2

ISBN 978-7-5387-5917-4

Ⅰ. ①土… Ⅱ. ①耿… Ⅲ. ①散文集－中国－当代 Ⅳ. ①I267

中国版本图书馆CIP数据核字（2018）第129081号

出 品 人　陈　琛
产品总监　郭力家
选题策划　凌　翔
　　　　　方　伟
责任编辑　田　野
助理编辑　刘　力
装帧设计　孙　利
排版制作　隋淑凤



土豆发芽当花看

耿艳菊 著

出版发行 / 时代文艺出版社
地址 / 长春市泰来街1825号　时代文艺出版社　邮编 / 130011
总编办 / 0431-86012927　发行部 / 0431-86012957　北京开发部 / 010-63108163
官方微博 / weibo.com / tlapress　天猫旗舰店 / sdwycbsgf.tmall.com
印刷 / 三河市万龙印装有限公司
开本 / 640mm × 910mm　1 / 16　字数 / 248千字　印张 / 20
版次 / 2019年2月第1版　印次 / 2019年2月第1次印刷　定价 / 38.00元

图书如有印装错误　请寄回印厂调换

# 目　　录

## 辑一　像花生一样活着

## 辑二　土豆发芽当花看



## 辑三　街边的风景

## 辑四　尘世芳香



## 辑五　捡拾光阴

## 辑六　时光不语，静待花开

## 辑七　花开天下暖



## 辑八　草木如诗

# 辑一／像花生一样活着

花生是一种怎样的植物呢？像贫苦人家的孩子，容易养，给口吃的，便虎蹿着往上长。它不挑三拣四，安于自己的环境，不抱怨，不气馁，不喧哗，不热闹，本本分分，安安然然。不管生活赐予的是粲然阳光，还是一地风雨、困苦磨难，它都照单接受，顽强地活出自己的样子。风光是你们的，热闹是你们的，它只把自己藏在朴实的泥土下，悄悄地成长。

# 六平米的幸福

喧嚷的市街上多了一家修鞋铺。我每天都去那条街上买菜，却仍旧不知修鞋铺何时来的。明明是卖大饼的，饼香还在鼻翼间缭绕，再去看到的却是一家修鞋铺。门口挂着牌子，蓝色工整字体：补鞋、换拉链、配钥匙。

这家修鞋铺很小，不过几平米，既是工作地，又是生活区。它对着街，里面的陈设一览无余。以前做大饼时被熏黑的墙壁，现在粉刷一新，变成了亮亮的白色。靠墙放着一张大床，占据了大半位置。墙壁上用木板做了很多格子，置放着锅碗瓢盆以及各样生活用品。屋子狭小，而各样陈设却有序整洁。

修鞋铺的主人是一对中年夫妻。男人整天坐在门口，低着头做活，身边放着做活用的工具，还有一些活计。没见男人站起来过，来回走动的就是他的妻子，那个走起路来有点儿向左倾斜的瘦高的女人。有时候见她在做饭，有时见她给男人打打下手，有时见她给男人端茶递水，有时见她坐在床边极其认真地绣十字绣。很少见他们说话，可是他们的默契和安然，一点儿不觉得可怜，反而觉得这种平淡相守的美好，与地位与身份都无关。

修鞋铺的门口常常能看到一个穿着校服的小男孩儿，独自玩得欢。一个阳光明媚的中午，小小的修鞋铺也沐浴在阳光里。路过时，见他们正围在一张折叠的桌子旁吃饭。那个穿校服的小男孩儿也在，男人拣了一块肉，要往他碗里放，小男孩儿急忙躲开了。这小男孩儿原来是他们的孩子。

要配钥匙的时候，自然想起了修鞋铺。那天，我第一次走近这家铺子，这才看清一直坐着干活的男人，他的腿有残疾。我把钥匙递给他，他研究了半天，对我说，这钥匙不好配，他尽力试试。

等待的过程，无事可做，见女人坐在床边低头绣十字绣，于是笑着问她："绣的什么呀？"女人笑盈盈抬起头，招手让我进去看。我看这狭小的放满物品的屋子，有几分犹豫，还是趔趄着身子进去了。女人竟有些歉疚地说："这屋小，只有六平米，出门在外，只望有一个容身之所。不过，我喜欢六，吉祥。"

女人说着，已展开了手中的十字绣，已经快绣完工了。"这绣品我见过，是司空见惯的发财树。"我不由得脱口而出。一听我说是发财树，女人笑了，纠正我，说："那是幸福树啊。"我看看干活的男人，又看看她知足幸福的表情，也笑了，连忙跟着她说："是幸福树。"心里悄悄地惊叹这个生活在嚷嚷街头女人的不俗心。

男人把钥匙做好了，他只收了我一半的钱，他让我回去试试，不行了，再拿过来修，行了，再付另一半钱。

回去一试，还行。第二天给他们送另一半钱的时候，那幅幸福树已经挂在了墙上了，没有用镜框裱，只是简单地用钉子钉在了墙上，不过一点儿也不影响它的美，反而觉得这小屋子里处处流溢着春天的清新气息。

幸福，说难也难，豪宅名车未必让人心生幸福。说简单也简单，只要心中长着一棵幸福树，六平米就够了。

# 静水流深

静，最易也最难。而静下来的，往往最震慑人心。

那年秋天，刚入大学不久的我们，听说黄河距学校很近，年轻的心忍不住欢呼雀跃。黄河，在诗文、故事传说里，有太多的身影。波涛拍岸，汹涌澎湃，气势磅礴。这是我们对它的思维定义。

不到黄河心不死。一个朗朗的周日上午，我们班四五十人，一个个激情高涨、心怀激荡徒步踏上了去黄河的路。一路打探，弯弯绕绕，九曲十八弯。终于，在夕阳西下时到达。

落日残照下的水面安详静谧，辽阔无边。绝然不是想象中的水势滚滚，惊涛狂澜，只是悠悠的、旁若无人的、安闲的，甚至带点孤单气息的静！宽大的水面上点缀着几只小船，岸边一位银发老人立在余晖里凝视远方，安然慈悲。

我们都被这突如其来的静阔惊住了，目瞪口呆。纷纷拍照合影，似乎要把这无边的静抓进来，留作岁月的底色。

几年后，在一本书里，与“静水流深”四字相逢，恍然间，竟有一种“与君初相识，犹如故人归”的喜悦。我蓦然想到了当年那一片黄河水，幽静的表象下，却隐藏着“黄河之水天上来，奔流到海不复回”的深远壮阔。

作家赵万里说：“静，就是生命的完满；水，就是生命的本源；流，就是生命的体现；深，就是生命的蕴藉。”渐渐地，我喜欢上了“静水流深”这种生命的意味。

一泓静水宛若一个平静淡然的人，令人一眼看不到底。博大、深邈、幽邃……在深处悄然流淌。

在电视上看到林清玄，慈眉善目，平静安然，直觉得有一种隐隐的仙气。如同一片清静的水域，波平浪息。给人舒服、平和的感觉，像邻家爷爷。说起话来，语调缓慢清幽，却让听的人字字落在心上。

我看过他年轻时的经历。曾经他忙于浮世里的各种热闹，开不完的会、永远的觥筹交错。生活似热闹的起风的海，浪花飞溅。然而就在他事业走到最高峰，生命最喧闹时，他毅然地转了身，到深山里的一座禅院清修。两年多的时间里，从未下山，隔离了万丈红尘。晨钟暮鼓，一册册经卷里沉潜。生命是一泓秋日的静水，深不见底。

把生命养成一泓幽深静水的，还有“隐世才女”白落梅。她低调淡然，从不出席签名售书活动，很少接受采访，清宁自在地活在江南的水土里。百度搜索，也只有寥落的两句，白落梅，原名胥智慧。栖居江南，简单自持。心似兰草，文字清淡。她总是拿她的文字说话，在最素简的生活里编织出最深情的文字。有读者这样盛赞她的文：“落梅风骨，秋水文章。”她的书《你若安好，便是晴天：林微因传》，一度空前畅销。而“你若安好，便是晴天”，后来成了流行语。

静水，不过是本然、自由的生命常态，存活于自然中。简以养德，静以修身。于我们凡俗尘子来说，那是一种心灵上的修为，一种好的生活态度。静了，便如水一样自然地流向深处。

而静又如同成功，不是随随便便可以做到的。

# 风中跳舞的秋花

公园入口不远处开了一丛黄花，不像是菊花。明艳的黄，像是葵花，却又不是。细细的枝干举着花瓣分明的花，高过人头。它们半垂着，低眉顺眼，又遗世独立成一道风景。

在四周一片萧瑟秋意里，这一丛无名秋花，像春天一样温暖灿烂。路过的人纷纷驻足，睁大了双眼，叽叽喳喳，频频赞叹。

一向不爱散步的我，改了习惯，晚饭后特意跑去看。和我一样，爱久久凝视着秋花的，还有一位衣着大方的中年女人，只是她表情严肃。

两天后，她竟在公园门口摆起了摊，卖衣服。摊位很简单，一个铁架子，整齐地挂着一排衣服。看似温柔娴静的她愣是如何都与生意人的伶俐劲挂不上边。不过，她爱笑，站在那里，满脸笑容，像极了几米之远的秋花。

来公园散步的人路过这温暖的热情，愿意停下来看看，捧个场，反正也无事。她卖的衣服不错，多是棉质的，舒适简约。我买了一件，又一同赏过花，一来二去便熟识了。

见她不忙时，我喜欢找她聊天。问起摆摊的事，她告诉我，她在一家公司安安稳稳地上了二十年的班，然而今年不景气，公司裁员，她被裁掉了。原本也可以悠闲地做个家庭主妇，可她不想那样庸碌暗淡地活着，她想做一些事情，证明自己的价值。失业了并不意味着无路可走。

她年轻时曾梦想开服装店，于是就捡起了旧梦。没有经验，不敢贸然盘店，先练练摊，从零做起。

我又问："为什么不去市场或天桥，那里人流量更大。"

她竟沉默了，低下头，半天不作声。难道问错了？我的脑子里迅速地闪过那些摊贩的精明的年轻的脸。

突然，她猛地抬起头，伸出手，指向公园里的那一丛绚烂的秋花，答非所问地说："是它们给了我勇气。"

我使劲点点头，我想：如果去热闹的市场做生意，像她这样的，真的需要大勇气。而她下面的话却让我惊住了。

她说，被公司裁掉的原因是太安静，表情严肃，不苟言笑。不管这理由有多荒唐，这的确是自己的弱点。可是那天在公园里看到秋花咧着花瓣嘴笑得那么美，就决定在公园门口摆摊，向那丛花学会微笑，以后的事自然而然就会顺了。

风来了，树上的叶子在空中打了个转，摔落在了地上。风倒是给那一丛秋花带来了兴致，它们摇摇摆摆地跳起了舞。

我看看她，又何尝不是一朵在生活的风里跳舞的秋花呢？

# 心 净 界

遇上它，真让我觉得冥冥中自有天意。它淹没在五彩缤纷、车马喧嚣中，却依旧神采奕奕、安然自乐——你看到也好，看不到也好，它就在那里，且自飞舞。

它在建材街上，那是通往图书馆的唯一街道，我走过多少次了，已经很难数得清了。街边的商铺、景致，在心里，早已清晰如画。甚至哪儿放着一个垃圾桶，哪儿的地砖有裂纹了，哪棵树最先凋零，我都了然于心。唯独未曾留心过它。

那天，莫名地烦闷，毛毛躁躁的。天空灰暗，压得低低的，似乎随时都要掉下来。空气又黏又潮，一呼一吸之间，像扯着蛛网，不至于窒息，却令人窝火。且万丈红尘里，十有八九不如人意。思及尘寰琐事，愈加烦乱，心绪如麻。想着去图书馆吧，或可解忧呢。

车过建材街，不想竟堵车了。车上的人很多，挤挤拥拥的，每个人脸上似乎都写满了愤怒，心上住着一个小火山。有人开始着急，有人低声抱怨，车厢里有火星擦过，有两个人因为踩了脚斗起嘴来。

我不耐烦地长出一口气，望向窗外，那一刻，我呆掉了——一只美丽的蝴蝶掀动着翅膀，穿越街道和喧嚣，缓缓地淡定地向我飞来。那飞舞的姿势可真美，宛若在芳香清静的花园里舒展自己。

我使劲揉揉眼睛，定睛细看，是一幅画，一幅壁纸的广告画。设计者的匠心独运，真让人叹服。我禁不住为我的发现欣喜若狂，指给邻座的陌生人看。邻座和我一样震惊，赞叹不已，又让她的同伴看。以一传十，车里豁然安静了，大家都被那蝴蝶吸引了。

接着，我看到了蝴蝶旁边的三个字：心净界。我猛然憬悟，蝴蝶在熙来攘往、车水马龙的大街上，依然保持本我，自由自在地舞蹈，一定源于这三个字。

我一遍又一遍读着：心，净，界；心，净界；心净，界。无论怎么读，都能读出一种相同的意味来。

生为凡人，自然受凡心支配。凡心四周，名利欲念步步相随，尽是些无形的刀剑。唯有凡心净了，内心躁动的世界才会静下来。面对险象环生的潇潇红尘，以不乱制乱，尽可以在无形的刀剑上行走自如，不受伤害。而不是胸藏火山，动辄发火，烦闷不安。

但丁的《神曲》中，净界是一座山，是到达天堂必经的磨难。净界山形似金字塔。但丁随同浮吉尔走进净界山门的时候，守护的天使用宝剑在他的前额上刻了七个“P”，表示人生的七大罪过：骄、妒、怒、惰、贪、食、色。以后每升上一层的时候，就有天使替他拭去一个“P”，最高的一层便是净界山顶的人间乐园。这和佛家的劝诫是一样的，抛却那些痴欲妄念，站在它们之上的时候，心才会觉得轻松快乐。

禅宗六祖惠能在《坛经》里说：“人性本净，为妄念故，盖覆真如；离妄念，本性净。”“真如”之心，原本就是“清净”的。又说：“世人性净，犹如清天。”倘若内心真的如清天般明澈纯净高远，世间的诸般苦恼都可融于其中了。

有一句话说，一个女子，大美为心净，中美为修寂，小美为貌体。倒觉得不只适用于女子，用在任何人身上都合适。尘世万千，乱花渐欲迷人眼，唯有心如朗月，清明纯净，方能在这美好的缤纷世界里，像蝴蝶一样飞舞，以大美的姿势，看日落月升，潮涨潮落。云卷云舒，流水自流。

# 像花生一样活着

乡下老家种植着大面积的花生，父亲是种植花生的大户。很多人慕名向他请教，父亲笑眯眯地点起一支烟，说："花生啊，好活……"声音拉得倍儿长，像讲自己的孩子一样骄傲地讲起了花生。

好活？！还真是如此。似乎从有记忆开始，秋田里就是一望无际的花生。这一种就是几十年，从来没有让人失望过。

印象里，每年在麦子将要熟的时候，父亲就开始种花生了。一个三角撑子，一把铲子，就是全部工具。撑子顺着麦陇撑开麦子，铲子铲出小坑，放进花生种，用脚驱上土。小孩子灵巧麻利，我和弟妹们常被委以丢花生种子的重任。

不几天，小种子已在土里发了芽。等到麦子收割完，青青的小苗摇曳满地了。看着它们，我们瞪大了好奇的眼睛，宝贝得不得了。父亲开着农用车一趟一趟拉麦子麦秆，车轮碾在花生苗上，花生苗扁下去，流出了青色的汁液。我们心疼得直哭，父亲却哈哈大笑，说："没事的，它们结实着呢。"

果然，一段时间后，再见到它们，都好好的，青色的叶间还缀满了小黄花。父亲告诉我们，别小瞧这不起眼的小花，一朵花就是一颗白白胖胖的花生。又给我们讲花生地上开花地下结果的特性。我们听了感觉有趣，饶有兴致地数起了那些小小的花，一朵，两朵，三朵……心里溢满了欢喜。

花生的生命力之强简直让你不敢相信。有一年，麦收过后，邻家图省事，就把田里的麦茬点了。谁知火势借着风力殃及到我家的田地，一地青青，几个小时后，变成了一地黑乎乎。一向对花生自信的父亲也慌了，坐在地头直叹息："完了，这下花生肯定活不了。"第二天，父亲就去街上重新买了花生种子。没想到，夜里一场雨后，黑乎乎的田地又冒出了绿绿的嫩芽。

花生特别易于管理。一遍除草剂，就任其自由生长了。长长的夏天，容易干旱，花生可不怕。当玉米、棉花耷拉着焦渴的叶片时，花生依然擎着黄色的花蕊，绽成属于自己的一道风景。秋天收获的时候，又会碰上连绵的风雨天，那又有什么关系呢，果实长在底下呢。雨水反而滋润了它，让周围的土壤变得松软。

犹记得刚毕业那会儿，没有经验，工作难找，只在一个小公司里做着一份幕后打杂的工作。我时常觉得委屈，心灰意懒。秋忙时节，正赶上放假，我便回去帮父亲收花生。父亲见我闷闷不乐，问缘由，我一股脑儿向他道出了心中的烦恼和困惑。父亲听了，并没有停下手中的活，他一边拔花生，一边和我聊起了小时候学过的课文——许地山的《落花生》。他借用许父的话，说："花生不像好看的苹果、桃子、石榴，把它们的果实悬在枝上，鲜红嫩绿的颜色，令人一望而生发羡慕之心。

它只把果子埋在地底，等到成熟，人们才把它挖出来。你看，花生就是这样低调，敢于放低姿态，把自己置于卑微的泥土中，一点一点壮大自己，成为有用的珍贵果实。”

我也学着父亲的样子，拔出一株花生，抖抖土。白花花的花生，太阳下，晃人的眼，那一刻，我心里豁然开朗。

花生是一种怎样的植物呢？像贫苦人家的孩子，容易养，给口吃的，便虎蹿着往上长。它不挑三拣四，安于自己的环境，不抱怨，不气馁，不喧哗，不热闹，本本分分，安安然然。不管生活赐予的是粲然阳光，还是一地风雨，困苦磨难，它都照单接受，顽强地活出自己的样子。风光是你们的，热闹是你们的，它只把自己藏在朴实的泥土下，悄悄地成长。

# 菊 花 香

我生在中原一个素朴的小村庄，村庄外的田野一马平川，除了冬天，一年中的多数时候都摇曳着植物的芳香。田间陌头的花花草草数不胜数，庄稼地里也有，村人们不稀罕，把它们当杂草来拔除。那时，让我们稀罕，并虔诚地种在院子里的是花瓣可以染指甲的桃红，还有菊花。桃红很普遍，而菊花更稀罕，只有五爷爷家院落里明亮的一大片。

五爷爷是读过书的人，退休了，每天只在庭院里，喝喝茶，听听戏，侍弄菊花。五爷爷家的菊花似乎从一开始就存在的样子，很多年了，后来听村里年长的老人说，那是五奶奶年轻时从很远的娘家带过来的。

五爷爷五奶奶喜欢菊花，也极喜欢我。他们总是亲昵地叫我“菊”或“菊丫头”，叫我母亲的时候，总是说“菊妈”。我母亲却不曾这样宠溺地叫我，她叫我的全名。我大一点儿后总是在想，我那么爱哭，胆子又小，脾气又倔，是不讨人喜的。而五爷爷五奶奶偏爱我，大概是我名字里带个菊字的缘由吧。

这样一想的时候，便为自己的名字骄傲。村里一起玩的小姑娘多是叫“丽”呀，“凤”呀，“华”呀的，只有我的名字里绽放着一朵美丽的菊花。

上学的时候要路过五爷爷的家门口，五奶奶看见我了，拉我去院子里，摘下一朵菊花，笑吟吟地别在我的马尾辫上。她又去屋里给我拿吃的，是用菊花做的又甜又香的菊花糕。我一手举着菊花糕，一手时不时地摸摸头上的菊花，心里喜盈盈的，一路上都是菊花香。

读五年级的时候，我已经十二岁了，渐生了羞涩之心。五奶奶再拉我去她家的时候，我变得扭扭捏捏的，也客气起来。五奶奶摘菊花给我，我怕五奶奶不高兴，也任由她。可是出门口，走到路上，我便立即取下来，放进书包里，我怕同学们看见了取笑我。

很快我小学就毕业了，到镇上去读初中。一下子又认识了很多新同学，我突然嫌弃起自己的名字来。这些同学的名字很好听，叫“钰”“婷”“洁”。我那时想到的形容词是高雅，可我的名字多么俗气。

我调出自己所掌握的所有词汇，最后给自己重新起了个名字，单名一个“静”字。这名字倒是适合我的，我给人的印象总是很文静的样子。它没有在班里起什么波澜，似乎我本来就叫那个名字。后来，连我的家人说起我都叫我“静”。从初中到高中，六年，这个名字一直跟着我。

只有我母亲和五爷爷五奶奶叫我“菊”，每次我听见都是先一愣，半天了才知道是叫我。

高三后来要考学的时候，不得已，又要用回原来带“菊”的那个名字。叫“静”的时候远去了，从那以后，读大学，入社会工作，我只能叫有“菊”的那个名字。喜欢不喜欢都由不得你自己了。

大学时同学给我一个QQ号，我琢磨了许久，欢喜地给自己取了一个名字：卿闲，一用就是很多年。近年写字投稿时，干脆用“卿闲”做了笔名。用了一段时间，写字的朋友告诉我，不如用原名，可以省去很多不必要的麻烦。我想了想，他毕竟是前辈，经验之谈，听了他的，用回了原名。

喜欢写字，张爱玲的文章是必须看的。开始我总是用她的名字劝自己，那样俗气的名字，现在叫起来，谁敢说俗气呢？她用实力让她的名字有倾城之美。

写稿一年多以来，看发在报刊上有“菊”的原名，竟也越看越自然起来。

犹记得童年时站在五爷爷的菊花院落里，跟着五爷爷一起背过的菊花诗句——“不是花中偏爱菊，此花开尽更无花。”“冲天香阵透长安，满城尽带黄金甲。”隔了很多年，再读这些诗句，字字生香。那是熟悉的菊花香。

我相信一个人与一个名字是有着纠缠不清的缘分的。最后你会发现，人活在世间，不管是名字，还是心底，都该绽放着一朵花，让灵魂充满香气。

# 对一朵花微笑

清晨气朗，晨起后喜欢去公园里遛两圈。总会碰到一个很特别的女孩儿，绿色嵌白边的运动裤，白衬衫，微微卷的长头发。她容貌不漂亮，皮肤黝黑。可是，这个女孩儿却拥有很多人所拥有却不去表达的东西。那是上天赐给我们每个人的最美好的礼物。最公允也最简单。

是微笑。幽静的公园中草木青碧葱茏，花朵清新芬芳。红砖的小路上，不多远就可以遇上一个晨跑或遛弯者，多数都戴着耳机，沉浸在自己的世界里。那眼神，表情很漠然。只有那个黝黑的不漂亮的女孩儿是个异数。她不戴耳机，黝黑的脸是一朵舒展的花朵，散发着光彩和柔和。好像随时遇到的陌路人都是极熟悉亲近的人，她总是笑着，微微的。让看到的人心里顿时一暖，漠然的世界顷刻柔软了，觉得她真是一个快乐的人。

她的目光里也藏着晨间的清新和温柔。柔柔的光落在路边的花草树木上，是一朵尘世里盛开着的微笑花。第一次看见她，在红砖小路的尽头，她迎着阳光，轻轻跃起，扬起的手轻抚一片洋槐叶。见我路过，窥见了她的调皮，也不慌张，很淡定地向我笑，即使我们素不相识。

红砖路上，栀子花开得好。那天，我见她蹲在栀子花前，与一朵洁白的栀子花微笑，并悄悄私语。真是有趣极了。我不知道是不是受了她的影响，还是因为读了张爱玲的《我的天才梦》想领略一下生活的艺术，伸手摘树巅的绿叶。路过那棵枝叶繁盛的洋槐时，见四下无人，我轻轻作飞跃状，去摘一片椭圆的叶子。

我拿着叶子在鼻尖轻嗅的时候，身后竟响起了她清灵的笑声。我慌忙转过身，也向她笑。多日的陌路因为两串笑声而打破了，我们也自此相识。

我赞她真乐观，问她怎么会有那么好的心态，微笑总是挂在脸上；她不答，反问我有没有读过一本书，刘亮程的《一个人的村庄》。

“这些简单地长几片叶、伸几条枝、开几瓣小花的草木，从没长高长大、没有茂盛过的草木，每年每年，从我少有笑容的脸和无精打采的行走中，看到的是否全是不景气？

“我活得太严肃，呆板的脸似乎对生存已经麻木，忘了对一朵花微笑，为一片新叶欢欣和激动。这不容易开一次的花朵，难得长出的一片叶子，在荒野中，我的微笑可能是对一个卑小生命的欢迎和鼓励。就像青青芳草让我看到一生中那些还未到来的美好前景。”

她非常熟识和沉醉地向我背起其中的段落。这就是她给我的答案。像小说，却是真切的、实在的。没有虚构。

她是这郊野公园中幼儿园的老师。任我如何都想不到，站在我面前的这个健朗、友善、爱微笑的女孩儿，曾经有一段时期有着严重的自闭症。她的母亲帮她走出了困境。先是让她背刘亮程的《对一朵花微笑》，训练她从对一朵花微笑开始，与植物学着交流，再敞开自己，与亲人朋友交流。那两年，她走出了自闭症，还学会了活着的深情。

微笑，谁不会呢？可是，我们总是这样的状态：活得太严肃，呆板的脸似乎对生存已经麻木，忘了对一朵花微笑。

近来，看不到黝黑女孩儿的微笑了，她又去读书了。她说，她看到了她未到来的美好前景。而我总是会想起她，想起她小小年纪的“哲学”。对一朵花微笑，对整个世界微笑。在艰难的生存中，在薄情的世界里，深情地活着。

# 心似莲花开

夏末的静夜里，潮湿溽热。辗转反侧，心头似缠绕着一团乱麻，越急越乱，越入不了眠。

于是起身，又开了电脑。随意地敲下两个字：莲花。在这个闷热得透不过气的夜晚，唯有清池里的莲花能让人清凉下来吧，我想。一页页翻下去，在第十页的时候，我点开了一个网页的链接。

舒缓清雅的乐音响起，似从深山处一座禅院里传来的梵音。然后一个低沉的浑厚的男音缓缓地唱："一花一天堂，一草一世界。一树一菩提，一土一如来。一方一净土，一笑一尘缘。一念一清净，心似莲花开……"这是陈司翰的佛教歌曲《心似莲花开》。仿佛从遥远的天边飘过来，悠悠的，不自觉沉浸其中。低眉的菩萨垂首含笑，满脸慈悲。含苞的莲花一片片舒展开，心思简单纯净。

莲花一样淡雅空灵的音乐在沉沉的夜色里流淌，宛如一条山涧里的溪水柔柔地路过月光下风干的石头。我的心也跟着湿润起来。

忽然想起了朱自清先生的《荷塘月色》。多年前，先生夜晚在院子里乘凉，心里“颇不宁静”，便踱步到日日走过的熟悉的荷塘，欣赏满月的光辉映照下的一池荷。流水月光如泻。薄雾中的荷姿态各异，影影绰绰，静谧清幽，别有一般风致。“采莲南塘秋，莲花过人头；低头弄莲子，莲子清如水。”先生惦着江南采莲的有趣光景，心中似有一朵莲在浅浅绽放。氤氲其中，直到猛一抬头，“不觉已是自己的门前”。想必此时，先生的不宁静早已消散。明月荷影里，他的心也如荷一样清净柔软吧。

隔了一程又一程时光，如今忆起先生的荷塘，似乎是有一阵风，送来旧岁月里淡淡的荷香。又仿佛是一个清凉恬静的梦，落在心上，整个人也便清凉宁静起来。

我不禁又想起了具有“不老的神话”之称的杨钰莹，经历过苍凉尘世的大悲大喜之后，她又重返了舞台，依旧甜美地歌唱。面对从前，一路泥泞坎坷，一路悲辛委屈，她选择默默地承受。当提及过去，她也只是淡淡地说，所有的挫折都是开启人生智慧莲花的淤泥。中年以后的她，风采依然不减当年，更加成熟智慧。她开始信佛，过着低调平淡的生活，恬静淡然如佛前的那朵青莲花，素洁清郁，禅心似水。

白落梅说：“一切众生，性本清静。纵算做不了佛前那朵青莲，只是路旁一株卑微的草木，墙角一只无名的虫蚁，若心存慈悲，自可化身为莲，静守花开。”

而暗夜里，微小如草木的我，在一曲舒缓有致的天籁之声里沉下去，沉下去……心清似莲。

# 怒放的生命

1

像朱自清先生惊诧于梅雨潭的绿一样，我惊诧起眼前这一树紫色的木槿花。那一朵一朵硕大的紫，密密地从木槿树的各个方向，每一枝桠的缝隙里升腾。木槿树的青枝绿叶，木槿树本身低调地隐去了，仿若迟暮的佳人把风头让贤给了二八的花旦，怒放去吧。立在眼前的就成了一团怒放的窈窕的紫！

每天散步，我总会路过这株木槿树，从来没有这么震惊过，以往我只觉得它和路边的任何植物没什么区别。有时候它闯到眼前了，就看一两眼，更多的时候是把它忽略了。它的存在，没有走到我的心上。

或许，雨后初晴，或许它真的到了怒放的季节。仿佛谁在倾尽全力唱着汪峰的《怒放的生命》，突然地到了你的耳边，你为这生命的呼喊而撼动，抬起头，就遇上了这木槿的怒放：呀，真绚烂！

## 2

清晨的园子，草木上露珠晶莹，叶片欲见碧青。路遇一阿姨蹲在草丛里掐野菜，那野菜我认识，叶片像蚂蚁的肚子，在故乡叫蚂蚁菜。阿姨的旁边，放着一个大塑料袋，里面尽是掐来的蚂蚁菜。

我说：“掐那么多蚂蚁菜啊！”

她笑了，答：“回去晒干了，炒菜吃。”然后，她又说，“野菜到夏季是真正怒放了，我们小时候是靠这些野菜长大的。”她眼中流溢着深情爱惜，声音洪亮，仿佛是野菜的知己。

在夏季，小的时候我们在故乡也常吃野菜，是一种长在田间地头的影影菜，妈妈从田间干活回来，会顺便掐一些，拌着面上锅蒸或者开水焯一下凉拌，都很好吃。后来到北京，人们都叫它野苋菜。

“有野苋菜吗？”我问阿姨。

她站起来，让我往西看，指向葱茏的短墙边，说：“你去瞅瞅，都在那边怒放呢！”

是的，它们在怒放！没有任何词汇会比怒放更恰当地形容那一片野苋菜蒸蒸日上的生命力了。青乌的叶片大而饱满，挤挤挨挨，层层叠叠，像一片青色的花海，却比花还要浓烈。

从那一刻，我知道，众生平等的意义，无所谓生命的贵贱，哪怕你是从遥远的乡下走出来的一棵野菜，也可以怒放成花的绚烂。

## 3

看到鸟在草丛里蹦蹦哒哒，而林子里听不到鸟鸣，只有蝉声。那是一场沸腾的、热烈的、盛大的、倾尽全力的演奏。一生只有一次生命的怒放。

我们在林中寻找一种叫“爬猴”的小动物，在夜晚，在黑黑的时空里，它们蜕变为高树上的蝉。

蝉声喧腾，我们最终没找到一只“爬猴”，倒并不沮丧。回来的路上，我们一直聊着有关蝉的话题。

从一只幼虫开始，蝉要在寂寞的泥土中待上很多年，短则三五年，长至十几年。其实，在地下的光阴，它们叫“爬猴”，只有来到了地上，蜕变了，才称之为蝉。那一刻，从长长的光阴里才真正等来了生命的怒放。飞到高树上，鸣唱不休。

蝉的怒放的生命却非常短，只有六十到七十天。在黑暗里等了若干年，只为这几十天的生命的灿烂。值得吗？

当然值得。

这是作为一只幼虫从地下到地上，到高树上，再老去的最大意义。若没有这样的蜕变和怒放，那深深的黑暗该如何走到头？

# 素 心 白 菜

冬日的菜蔬里，白菜最是暖老温贫的菜了，亦是不可或缺的。小门小户，高宅大院，家家都有大白菜。如同冬日的厚衣裳，厚衣暖身，白菜暖胃。一身素朴的白菜有着一颗素心。大鱼大肉，大快朵颐，快活一时，久之令人厌腻，身体也不可长久消受。素心的白菜在于清淡，清而溢远，淡而宜身。白菜的好，就像白开水之于名目鲜妍的饮料一样，淡且久远，低调不争，温和相待。

忆及少时旧事，白菜的清香悠悠地随着岁月尘烟飘过来，味蕾上缠绕着。那时的白菜，青凌凌的，多是自家种的。哪家的自留地里都少不了几畦白菜。粗壮结实的白菜，运进地窖里，或者直接放在屋子里，或者挂在屋檐下。甭管大雪几日，天寒地冻，心中自是不愁的。热腾腾的白菜面条、白菜饺子、白菜包子、白菜丸子、白菜炖粉条，任是怎么吃，都觉得欢喜，有味道。天天吃，也吃不够。

后来出门求学，工作在外，在食堂吃饭的时候，冷战战的，看到炒白菜，也会觉得几分相似的温暖，必会打来一份。犹记得曾工作过的一个地方的食堂，一周总会包一顿白菜粉条包子。若有同事预先打听到哪天会包包子，便会在办公区内传开来“今天中午吃包子呦”。这消息悦耳动听，让枯燥滞闷的办公区起了微微的甜蜜的波澜，整个上午就有了美好的期盼。如今想来，那闹哄哄、喜滋滋吃包子的情景，依旧滋味无穷。那时候，我也会早起一会儿，赶到食堂吃一顿早餐：一碗粥和一碟拌白菜心。冷风吹在脸上，而心里装着热腾腾的粥和脆香的白菜，并不觉得冷。其实那时的工作并不如意，却因了白菜带来的欢悦，让惨淡的时光有了暖意。

李丹崖在《低头切菜，抬头收衣》里写他那段曾经暗淡的时光，有一道白菜萝卜煨细粉的菜，他称为“桃园三结义”。他说，那味道，真是穿肠难忘。每每吃上这样一顿“桃园三结义”，心里似乎又有了底气。读后着实令人共鸣，想必这样素朴清简的菜温暖过很多人吧。

台湾博物馆里珍藏着“故宫三宝”，其中一个就是翠玉白菜。余光中为它写过以“翠玉白菜”命名的诗歌，诗里写：“通体流畅，含蓄着内敛的光，亦翠亦白。你已不再，仅仅是一块玉，一颗菜。”以为这是对白菜最美的礼赞。艺术品美，白菜更美，已经不是一颗菜了，是一颗心对一颗心，素净内敛。

白菜的好，就在于一颗平常的素心，入得尘世之厨房，亦上得大雅之厅堂。低眉时泰然自若，散发周身能量，温暖众生。扬眉时淡然含蓄，不骄不躁，低调温润。

而今冬日的菜蔬，赤橙黄绿青蓝紫，鲜妍娇嫩，白菜却依旧安静着本色，不言不语，不争于世，不乱于心。老子曰：“夫唯不争，故天下莫能与之争。”白菜的清心寡欲，白菜的素心，都在“不争”二字上，不觉间已入天下人之心。

人生一世，草木一秋。说复杂也复杂，说简单也简单。年龄愈长，愈觉得活着，若可活成厨房里的一株淡然不争、素心的白菜，那真是美好的事情。

# 心中养春

在一篇文章里知道了一副楹帖：受尽天下百官气，养就心中一段春。说是李鸿章在签押房看到的，赞叹不已。如此心性和气度，着实难得。文章的作者释义说：“受尽百官气，可见其自寻阔大；养就一段春，可见其自逐明媚。心有大天地，易养一段春。”

这样的阔大和明媚让人喜悦，好像眼前真的有一个春天在慢慢打开一样，那样和煦、那样明净、那样泰适。

谁人心中有大天地呢？谁人心中养着一个春天呢？我想到了丰子恺先生。网上看过他的照片，和乐、慈静。他的文和画，也早已熟识在心了，无不给人以春天般的感觉。

他说：“心小了，所有的小事就大了；心大了，所有的大事都小了；看淡世事沧桑，内心安然无恙。”

他说：“你若爱，生活哪里都可爱。你若恨，生活哪里都可恨。你若感恩，处处可感恩。你若成长，事事可成长。不是世界选择了你，是你选择了这个世界。既然无处可躲，不如傻乐。既然无处可逃，不如喜悦。既然没有净土，不如静心。既然没有如愿，不如释然。”

我曾经很慎重地把这些美妙的文字抄在笔记本上，每读之，总能嗅到一股清新的芳香，春天的气息无处不在。郁结的心事和烦闷，便会变得微茫可笑，心境也随之浩然开朗。

相比于生于和平年代的我们，丰子恺先生是不幸的。他经历了最苦难的岁月，携着家人在战火纷飞中四处逃难。战乱中，他用画笔记录下背井离乡所遭受的苦难和恐惧，用文字记录下人间难以愈合的创伤。他对女儿们说：“我恨不得有一只大船，尽载了家乡石门湾及世间一切众生，到永远太平的地方。”

纵使在流亡中，丰子恺先生也坚持完成了《护生画集》第二集六十幅画作。历经家仇国恨，目睹华夏大地生灵涂炭，他的画集却没有任何刀枪杀戮，愁苦惨淡。他的画作，静美安恬，生命都能得到尊重，心灵安宁，和乐自然。处处体现着美和真纯，这是他内心那片广阔的田地上滋养出的人间春天。

我又想到了一位曾经的同事，她亦是心中养着春天的人。她是客服部的经理，每天都要处理很多令人头疼的客诉，有的客户甚至会恶言恶语，怒气冲冲来办公室理论。而她总是好脾气，温言细语，如春风暖阳般化解着三尺寒冰。她爱笑，不抱怨，走到哪儿都是笑盈盈的，像带着一场春风。

有一年，总部调来一个小姑娘，性情傲慢，并不把她这个经理放在眼里，处处找茬与她作对。我们看不过去，劝她，她却说：“她还小嘛，又初来乍到。”依旧很大度地像一个大姐姐关心照顾小姑娘。半年后，小姑娘离职回老家结婚，她还亲自为小姑娘饯行，送上一份祝福。

她善待身边的每一个人，她常说："前世的五百次回眸才换来今生的擦肩而过。我们能相遇，是缘分，多不容易啊。"她知缘惜缘，心田上的春天花香袅袅，馨香着她的生活、工作，与她相遇的人。

丰子恺先生有一幅漫画《不宠不惊过一生》，是普通夫妇，一者荷担，一者挽篮。行走于田间小路，燕子飞过，微风轻吹，青草悠悠，一派平淡、恬静之气。伟大如先生，平凡如昔日的同事，他们都是心中养着春天的人。心中养春的人，像先生的这幅画一样，恬静安然，不宠不惊。

# 忍　冬

很多人知道金银花，惯常的生活中，或多或少总受过这一味药的好处。

金银花，这名字也着实好，如金似银般贵重，生生道出了它的地位。农谚讲："涝死庄稼旱死草，冻死石榴晒伤瓜，不会影响金银花。"虽然贵重，不可或缺，金银花却不娇气，坚韧得超乎想象。而多数人不知道它还有一个与之相配的更贴切更朴素的名字：忍冬。

知道忍冬是在几年前，缘于一个同事。那时候刚毕业，携着青春年少的张狂和满腔抱负，然事与愿违，工作上并不如自己的期许，只在一个企业里扮演着一个小小的角色。与我合作的是库管老潘，叫他老潘，其实他也并不老，四十来岁的中年人。不过他的行事为人倒真的可以称为一个"老"字。认真负责得有些过分，极其尽心，如同做自家的事一样。别人笑他，他不以为意。听说他刚来时，只是一个搬运工，几个月后，就升为了库管。

老潘除了在工作上一板一眼，尽职较真外，人还是蛮不错的。一脸笑容，和气亲切，热心仗义。而他那坚定的脚步，和刚正不阿的背影，总让人觉得他身上还潜藏着另一种无法言喻的气质。

老潘住的地方离我家不远，下班后，我们常常一块儿回去。我总爱向他喋喋不休地抱怨工作上的不如意，他总是笑着，有时候劝我几句，有时候什么都不说，静静地做一个听众。

那个星期天，老潘邀我去他家吃饭，说是做几道他家乡的菜让我尝尝。只知道他住在公园里，并未去过，他也未告诉我位置。冬日的公园满目萧条，光秃秃的枝丫，一地落叶残乱潦倒，清旷岑寂。我一直往里走，高架桥旁的一片绿意葱茏吸引了我，是什么植物呢？当满世界灰茫茫时，它们依然勃发着生机。绿意之间点缀着两间低矮的屋子，一间屋子往外升腾着热气，门外摆放着几棵白菜。

太阳很好，暖融融的。一张小桌子和几把凳子安然地在那一片植物间晒着太阳。这或许就是老潘的住处了，他曾提过媳妇在公园看高架桥。高桥边有旋型楼梯，怕有人上去危险。我站在那里兀自出神的时候，老潘突然从屋子里出来了，一手端着一盘热腾腾的菜。他笑着神秘地说："冲着这片绿意，就知道你不会迷路，找不到地方。"

他的媳妇闻声也跟着出来了，笑眯眯地向我打招呼，拉我在小桌子前坐下。她，朴朴实实的，眉眼温柔，和老潘一样热情。老潘去屋子里忙活去了，她坐下来同我聊天，问长问短，亲切得像故知。

问起那些绿色的植物，才知道原来竟是金银花，在他们老家叫忍冬，大面积地种植呢。忍冬的叶子凌冬不凋，来年春天，花开得尤其好看。老潘特别喜欢，便从老家带了一些。她向我说起老潘，眼睛里蓄满了骄傲。

原以为老潘不过是一个勤勉的普通打工者，未承想，老潘曾经如此辉煌过，在老家有过自己的公司。一着不慎，生意惨败后，并未一蹶不振，而是带着妻子和他喜欢的忍冬，他乡求生，甘愿放低姿态，从零做起。

对老潘，我从内心里开始起了敬意。同是遇到了人生中的寒冬，我的姿态不及他的万分之一。我如此年轻，却一怀怨愤。老潘本是意气风发的年纪，遭受重挫，心中依旧月朗风清，荡漾着一片油油的绿意。像忍冬一样，寒冬里始终不肯凋零。

回去后，在工作上，我不再有抵触的心理，而是极力和老潘配合。在我们的努力下，最糟糕最混乱的库房，变成了最优秀的库房，几乎不曾出过差错。一年后，因为认真谨慎，我被调去了总部，老潘也升职为库房主任。这以后，鲜有见面的机会了。

后来，为了追逐年少时的文字梦想，我离开了这家企业，与老潘，更没有机会见面了。文字之路，磕磕绊绊，更是不易。我总会想起老潘，想起他喜欢的忍冬。

## 蝴蝶的颜色

化茧成蝶是每一只毛毛虫最坚定最美丽的梦想。窄狭的茧壳里，摸过去是茫茫的黑暗和坚硬。柔软的身体自己抱紧自己，一点一点去撞破坚硬的黑暗。如洗的晴空、金色的阳光、芬芳的花朵，身着五色彩衣，扇动天使般的翅膀翩翩起舞。这是毛毛虫家族里最让虫儿心动的故事。

她是万千拥有成蝶之梦的最普通的一只虫。她的黑暗和坚硬是一重连一重的绵绵不尽的大山，窘困的现实和茫然的未来是裹挟着她的茧壳。都说命运掌握在自己的手里，这不过是一种自我安慰罢了。出身是命运，无法选择，可以选择的是以后的路。

她的父母告诉她，走出大山最美好的方法就是蜕变，蜕变的最美好的方式就是求学读书。这也是素朴的山里人最愿意看到的，最值得骄傲的。

她望着乌青的山脉，山的那边还是山，而山的上面是乌蓝乌蓝的云层，云层上是广阔的天空。她放下背篓和镰刀，说：“我不割草了，我要去读书。”

父母问她：“你要想好了，去读书要爬过两个山头，路不好走，更漫长，不怕苦不怕长吗？”

“不怕。”她坚定地答，磐石不转移。于是，她成了整个山里最刻苦的学生。崎岖的山路上，她数不清摔过多少跟头，总之瘦小的身体上从没有断过伤。她从无怨言，就像一首歌里唱的那样——风雨中这点痛算什么，擦干泪不要怕，至少我们还有梦。她是一只毛毛虫，如果破茧成蝶的疼痛都忍受不了，怎能看到美丽的风景？

翻过两个山头，翻过五个山头，翻过十个山头……从小学到中学，她成了山里最后一位学生。终于她走出了连绵的群山，走进了广阔无边的天空。在那个繁花似锦、繁华似缎的城市里，她坐在了美丽的象牙塔里。

她看看自己，却是从未有过的慌乱和拘谨，她这条奋斗的毛毛虫到底羽化成了一只怎样的蝴蝶啊。阳光明烈，闪着金子的光芒；花儿芬芳，熏得她晕头转向。最让她头疼的是不敢挥舞翅膀，斑斓的色彩在她身上只是难看的一色灰。她紧紧抱住一丛薰衣草后面背阴处的狗尾巴草，忐忑地张望阳光下色彩斑斓的美丽世界。

很快，她就在一次实验里知道，原来阳光下，花丛中，色彩缤纷的蝴蝶竟是无色的。每一只无色的蝴蝶看起来都是相同的。不同的是每一只蝴蝶的翅膀都具有特殊的微观结构，翅膀上美丽的花纹是由翅膜表面的鳞片一片片拼出来的，而鳞片内含有色素。当蝴蝶在阳光下挥舞翅膀的时候，便会呈现出美丽缤纷的色彩。

她站在阳光下，在紫色的薰衣草面前，打开自己，似乎瞬间就披上了彩色的羽衣，像美丽的仙子那样在花丛中流连。

人之初，性本善。每一个人的生命从一开始都是无色的，宛若蝴蝶。不一样的是心路历程，决定了每个人的心灵结构。人生的绚丽和斑斓，在于你历经黑暗的茧壳后，敢不敢在阳光下，一次又一次蜕变。

三毛说："流去的种种，化为一群一群蝴蝶，虽然早已明白了，世上的生命，大半朝生暮死，而蝴蝶也是朝生暮死的东西，可是依然为着它的色彩目眩神迷，觉着生命所有的神秘与极美已在蜕变中张显了全部的答案。"

生命的颜色正如蝴蝶的颜色，令每一只黑暗里的毛毛虫神往。

# 丝瓜的生存哲学

我家厨房的灰瓦被丝瓜盘踞着，年年仲夏，青叶黄花，葳蕤绚烂。一条条酷似黄瓜，瘦长苗条，或垂或卧，惨绿模样，兀自在凉风里矜贵着。

“数日雨晴秋草长，丝瓜沿上瓦墙生。”不仅是我家的墙瓦，还有四邻八舍的也被它们占据着。姿态高昂，生长强势。可是却不受重视，地位是极其低下的。等到它枯干变形，老态龙钟，会被拎进厨房，敲掉衰老的皮，洗刷油腻污垢。

且有一个不悦耳的乳名——丝果子。尤其我们的乡音响亮板硬，一出双唇，掷地有声。“丝果子”听起来便有几分煞气。没有人喜欢，也很少被提及。

记忆里，受重视的是院里的那一架葡萄。春天时，母亲就开始忙活了。搭架、插枝、浇水，日日盼望着。灰褐的干枝上，绽出一丁点儿嫩芽，眼尖的母亲欣喜地呼来一家人观看。生虫了，生病了，也从不会喷药，母亲总是亲自下手，一片叶一片叶翻过去，十分细致。

还有南墙根的一片南瓜，也是母亲的心爱之物。秧苗栽种，浇水施肥，翻藤，扎花。样样亲力亲为，小心谨慎。一次，好奇的我终于忍不住下手帮她干活，笨手笨脚地碰掉了一朵花，没想到母亲却训斥了我一顿。其实，南瓜花和丝瓜花很相似，形状颜色。而母亲严厉地告诫我，一朵南瓜花就是一个大南瓜呀！

丝瓜花就没有这样的好运气。它开得实在繁盛，以至于傍晚从高高的屋脊上滚落到院子里，蔫蔫的一地。我正在大门外举着扫把和小伙伴们一起扑蜻蜓，却听到母亲高声唤我。母亲又要我扫院子了！我一百个不情愿，嘟着嘴，边挥舞着扫把，边向母亲抱怨："你这是哪年哪月种的呀？"她愣了一下，竟也答不上来，总之很久了吧。

我开始对它起了恨意。趁母亲不注意，跑到墙根把它们连根拔起。过了一会儿，母亲看见了，并不训我，只是摇头笑笑。然而第二年，丝瓜又从墙边钻出，顺着墙壁，爬满了房顶。细瘦的藤蔓，一派强硬。

秋深了，南墙边枯黄的南瓜藤叶里躺着一个又一个巨大的南瓜，我使劲抱也抱不起来。母亲会找来不穿的旧衣服，裹了一层又一层，小心翼翼地放在西屋的大缸里，贮藏着，留待冬日里慢慢吃。母亲再望望房顶上身材走了形的老丝瓜，找来两根长竹竿，接在一起，戳下来几只，扔在厨房门后。房顶上还有很多，母亲不去管它们，一年一年地在风雪雨霜里自生自灭。

直到对门的六叔带回了一个外地媳妇，丝瓜的命运才稍稍改观。六婶踩着凳子，踮着脚，在她家的墙壁前寻来索去。晚饭时，六叔的碗里就多了些莹碧爽滑的菜，煞是好看。六叔得意地说："这是丝果子呀，好吃得很！"邻人们你一筷我一筷，啧啧称赞，似乎发现了新大陆。于是，丝瓜一跃，成了各家饭碗里的常客。

可是母亲依然持有偏见，那丝状的纤维怎么能吃呢？尽管已经长大的我，给她讲过很多次，丝果子在众瓜果里是最有营养价值的。而她却依旧娇贵着她的葡萄和南瓜。

后来，母亲渐渐迷上了养生，常坐在电视前看养生类的节目。有一年，中秋回家，院子里竟多了一架丝瓜。母亲笑眯眯地说："我给丝果子平反啦！"

晚风里，丝瓜与葡萄比肩而立，满架黄花，却是宠辱不惊淡然的样子。不以物喜，不以己悲。人生一世，草木一秋，丝瓜按照自己的方式依旧坚韧乐观地活着。

# 辑二／土豆发芽当花看

生活就是这样的简素和美好，一个丢掉的发芽土豆，一把葱，几颗大蒜，都可以养起来当花看。有一个词叫生活家，其实人人都可以是生活家。只要有这样“当花看”的朴素心地和智慧，便可以把平常的甚至乏味单调的日子过得意蕴盎然。

## 风含情，花含笑

看到过一句话，总是不能忘记——“爱上一个人的最初，或许没有别的理由，可能就是因为她有一个动人的名字。”说的是含笑花，细想来，与含笑的缘分，也果真是如此。

不见其人，先闻其笑的是《红楼梦》里那个八面玲珑的王熙凤。不见其花，只见其名，便让人心生笑意的是含笑。抛开一切，单看这两个字，一“含”，一“笑”，不觉心旌摇动，浮想联翩。

“我时常会想起第一个为含笑花取名的人，那人是在花香中看见了笑意？或者是饱含喜悦时看见了小白花呢？”看看吧，禅心诗意的散文家林清玄也中意含笑，时常浮想呢。他称含笑花是“喜悦的香”，只有春天少女那样喜悦、那样纯净、那样细腻的心，才会看见花中的笑容。

好美的花。我却从来没有机缘与它相见。到底是怎样的一种小白花呢？我心切慕含笑，如鹿切慕着溪水，切切慕慕着……

终于，在很久之后的一天午后，郊外的质朴的院落里，碰上了它。一下子石破天惊，山高月小，水落石出，清风徐来，天地俱寂，只有含笑盈盈，清淡着、喜悦着，含着浅笑。

那是星期天，一个美丽的天日，阳光金子一样铺洒着大地，有细微的风轻轻抚摸着脸颊，那样温柔。心是闲的，身是闲的，没什么着急的事，就在郊外无目的随意慢走。翻过一个小土丘，穿过一片小树林，远远地就看到了那个素朴的小小院落。

说是小院落，其实简单得很，两间小平房，木篱笆围成一个小小天地。甚至院落的门都简单得不能再简，几根木头拼凑的。惹人注目的是那洁白的、乳黄的，一朵朵花。明亮的阳光下，这样素简清寡的院落，因了那一朵朵花而温情流溢。看到的那一刻，很恍惚，忽然像回到了儿时的村庄一样。

我几乎是一路小跑着奔向那个小院落的。到了篱笆前才看清，那花朵竟然开得那么婉约，含着喜悦与羞怯。让人想到古时的女子，笑不露齿的矜持，开而不放，似笑而不语。未开的花苞也美得很，清润如玉，香气幽雅，似兰。

“看花呢，姑娘。”我只顾出神看花，却不知道何时一个挽着菜篮的老妇人站在了我的身后。

老妇人蓝布衣衫，面容洁净温暖。她笑吟吟的，一边打开篱笆门，一边邀我进去看花，并告诉我那是含笑花。

原来是含笑！朝思暮想的含笑，与她，却是相见不相识。

老妇人和善亲切，眼角眉梢含着笑意，像多年的老邻居。她拿了两把椅子放在含笑花下，我们坐下来，她择菜，我看花。

没有一点儿陌生感，老妇人叙说着家常。风儿轻轻地吹着，拂过手腕，拂过脸颊，拂过发际。宛如老妇人轻柔浅淡的话语，拂过心田，熨帖舒心。在这个风含情，花含笑的简朴的篱笆院落里，在这个淡淡的午后，不由得心身轻松，顿生惬意之感。

我一会儿看花，一会儿看老妇人。在她低头抬头间，脸上总是写满了笑意。她坐在含笑花下，那么安然宁静，那么清美和煦。苍老暮年，似乎与她并不是一件糟糕的事情。而是像含笑花那样自然地含着笑意立于这小小院落里。

关于老妇人的生活，关于她为什么要独居于这郊外的旷野里，我什么都没有问。只看她皱纹如花的脸庞，一切都已明了。这样的年纪，早已是沧海桑田，生命中该经历的风浪都经历了。老妇人笑意盈盈，生命中美好的一面没有被风浪冲垮，而是在风浪中塑造成了一朵花。到最后，万籁俱寂，沧桑的心依旧喜悦、纯净、细腻，看得见花中的笑容，闻得见喜悦的香。

“如果在院子里种了一棵含笑花，整年，屋里屋外都有了笑意。”我愿意在心田里种上一棵这样的含笑花，让生命时时充满笑意，老了，也活出一种风骨，像老妇人那样，风含情，花含笑地生活。

# 十元的富贵

几个月前的事情了，熙攘的集市上，有个中年男子拉了一大车浓浓的青绿。集市上虽然不缺怡红快绿的色泽，但那般味道的青绿，着实不同。它们让烟火世俗的集市文质彬彬，风雅起来。它们是竹，富贵竹。

拉来富贵竹的中年男子又高又壮，却是憨厚模样，一脸喜相。他站在车前，十分温柔地拣十来枝富贵竹用报纸包起来，然后放在旁边的桌上，供顾客挑选。他在桌子前立了一张简易牌子，写着：十元一把。

他没有像其他商贩一样高声吆喝，而是默默忙手中的活。有人来挑选询问，他憨憨而笑。那样的厚实模样，说起他的富贵竹，却是头头是道，声音洪亮又骄傲。

我手中已经提了不少蔬菜水果，可看那桌上齐整的竹子，忍不住动了心。拿起一把付钱时，顺便问那中年男子：“好养吗？”

他没有回答我的话，而是让我赶快看前面不多远的一个抱着玻璃瓶的老太太。老太太正俯身挑选白菜，那个细长身的玻璃瓶被她紧紧搂在臂弯里。

然后，他告诉我，就是这个老太太，以前买过他的富贵竹，养在喝完的大可乐瓶里。那竹子长得好啊，长到了屋顶那么高。他说着竟还比画起来，踮起脚，手伸过头顶。

我认为有些夸张了，可他脸上的郑重和诚恳就像老太太家的竹子跑到了我们眼前一般，看得见摸得着。仿佛有一屋子的绿意和幸福在眼前晃，不由得你不信。

他又接着说，老太太每天看着她的富贵竹，心里敞亮欢喜着呢。而最近越看越不对劲了，这么好的竹子配可乐瓶，有点儿寒碜了。因此就来集市买一个养竹子的玻璃瓶。

玻璃瓶，我想起家中倒有闲置的一个，与其搁在角落里生尘，不如养一瓶绿意盎然。我小心翼翼抱回去的那把富贵竹果然是绿意盎然了一阵。我把它们斜斜剪去几厘米的根，养到盛着清水的玻璃瓶中，放在客厅的桌上。这样的一瓶绿意，真的，让整个屋子都有了光辉。

家人亦欢喜，闲聊的话题也从人情俗事转向了这竹子上。总让人想起“诗意”这个词，蓦然发现其实它并不遥远。我读书写字期间，或者做家务，擦桌子擦地，又或者梳头的片刻，也会看看桌上的竹子，心情会莫名地轻松愉悦。也觉得自己举手投足有些不同了，眉间发上平添了几许竹子的风雅。

可是没多久，富贵竹的叶尖开始泛黄，有的叶片也变黄了。我们开始着急起来，担心养不好这竹子。不是说富贵竹最简单省事，只要一瓶清水即可，亦不用去理会，最好养吗？

又逢集市，卖富贵竹的中年男子还一如既往地厚实诚恳着面容。我跑过去问他，他呵呵笑了，说：“别着急，耐心等等，你那竹子快长根了，养得活。”

我这才放了心，注意力从叶子转到了根部。一天，两天，三天……依旧如故。不过，我已经不着急了，习惯了它们的存在。它们和家里任何一件我喜欢的物品一样，成了生活中的内容。

似乎它们长根是突然间的事。最先是孩子发现的。孩子欢呼雀跃地拉我去看，细小的白芽在清水里荡漾。我们的心也在荡漾。富贵竹的根在清水里长根发芽，属正常的自然而然。而我们发现的那天却犹如过节一样开心。

那时候，外面的景象已是落叶如蝶飞舞，万物萧萧了。家对面公园里的绿意已被季节收藏，草木道路，孤单冷清，望之令人伤感。而屋内的富贵竹，长势很好。黄叶渐次少了，水中的根须越来越多。当外面的世界一片肃杀寂寞时，那瓶子里的竹子只当不知道，它们无声无息地在清水里生长着，其他皆不理会。

至如今，我那把富贵竹没有长到屋顶那般高，而我们由此而获得的幸福喜悦感却弥漫了整个屋子。每每从外面推门进来，最先映入眼帘的就是桌上的富贵竹。那一捧喜气盈盈的青绿，真让人赏心悦目。它们让你觉得生命之盛，眼前的日子可喜可爱。而幸福并非得既名且贵，这样已足矣。

# 暖在尘间

汉字里，“暖”的字形义音，称得上最美，最令人喜悦的。左边是日，日是太阳，金色的毛绒绒的阳光。右边是“缓”去掉了偏旁，“爰”字在缓缓地、慢悠悠地沐浴着阳光。这便是“暖”了。轻轻吐出，像秋日明净的天空下一朵朵棉花在心田上次第绽放。

物候转换，暖在冬天显得尤为美好可贵。暖的脸上蹦跳着明媚的阳光，对面端坐着寒，还有冷，气势汹汹。而暖一直是安静淡然的模样，抿嘴浅笑。我们望着暖，一件件加衣，还有火炉、暖气、空调。寒冷生畏了，退缩了。暖像一条阳光汇集的河流在身体上缓缓流淌。

寒凉尘间，身上的暖易取，心灵上的暖易得又不易得。就像四时的冬季一样，谁的人生不经历荒寒凄冷的冬季呢？心掉在了冰窟窿里，寒彻得麻木。再多的衣，再高的温度，也无济于事。而有时候，一个简单的笑容就轻易地化解了。

有一段时日，我对自己的前途绝望透顶。其实那时还年轻得很，不过是高考失利，事与愿违，进了一所不喜欢的大学，学了一个不喜欢的专业。可我却走不出这道坎。九月的阳光很浓烈，我站在浓烈的阳光下直打哆嗦。与周围格格不入，陌生与冷漠与失望，紧紧裹挟着我。我常常很落寞很沮丧地一个人在校园里闲逛，一个人去食堂吃饭，一个人去上课。直到碰到一个小男生，眼睛小小的，却爱笑。无论是在校园的什么地方，遇到了，他也没有多余的话，只送过来一个灿然的笑容。那笑容好熟悉，好亲近。每次碰上他，看到他的笑，就像遇上亲人一样，心里暖暖的。

后来，我才知道，我们竟同班。不过我们的关系一直保持在一个温暖的笑容上，毕业后散落天涯，早已失了音讯。他的名字，我甚至有点儿恍惚，而他那阳光般的笑容却依旧清晰如画。

暖，宛若人与人之间的缘分，有时简洁，如一个笑容；有时又深远，如一生一世。

看一个很喜欢的作家的博客，久久凝视着一张照片，是她和她的爱人。她的爱人高大，她小巧，两人相依偎着，安静温暖。她在照片下方留了字：他在，我便心安。这心安是薄凉寒世里最意义深大的暖。世间的夫妻当如此吧，爱在一粥一饭间，相濡以沫，彼此取暖。不止是他或者她，还有父母、孩子、亲人，他们是我们穿行在万丈红尘里，不离不弃，一生一世的暖。

从博客上还知道一个叫暖的女子，她的文字和她的名字一样，美好静谧，似一缕和煦的阳光，泛着古意幽幽的清香。她说："煮字取暖，安度浮生。"真好。于写字的人来说，文字是茫茫雪夜里的篝火，以慰浮生的阳光。

其实，人这一辈子，可怕的不是物质上的匮乏，而是精神上的荒寒、空虚。古人有诗曰：“布衣暖，菜根香，诗书滋味长。”“心地上无风涛，随在皆青同绿树；性天中有化育，触处都有鱼跃鸢飞。”生活的好不在于鲜衣怒马，豪宅名车。布衣菜根的日子，在注重精神生活的人那里，依然滋味悠长，温暖生香。

生之多艰，唯有精神上的丰满，精神上的暖，才抵得过寒凉的尘间。周遭的世界才因此明丽灿烂，煦暖如春。

# 莲　花　落

我是从一本介绍古京都人物的书上看到的这三个字，印在一幅浅黄古意画的左上角。七八个穿长衫留大辫子的清人怀抱着各种乐器，似乎在很陶醉很忘我地表演。右上角还有两个字：道情。

当时这并没有给我太多的触动和印象。我甚至不明白这幅旧画想说什么，“莲花落”和画里的情景看起来风马牛不相及。可是，我却记住了“莲花落”这三个字，又诗意又让人忍不住遐想。待书看完，我一页一页翻，又翻到了那幅画上，不为看画，只在笔记本上抄下了“莲花落”。

莲花落，莲花落。我在心里默念着，脑海里立时映现出李老十的一幅画——十万残荷。那是怎样阔大无边的萧瑟和落寂呀！而画家李老十却一直迷恋着这样的题材。

他说：“我画的残荷半是目中所见，半是心中所想。有人问我为什么画得这么苦，让我如何回答呢？比如一朵美丽的花败落了，有人会伤感，甚至还要联想到人生的短暂。可有人根本注意不到，也有人会淡淡地说：‘明年还会开呢。’这也许是人生观的不同吧。

“我倒是希望人们见到这许多被风雨摧折的枯枝残叶能生出些同情的心来，反而去加倍地爱惜那易逝的花朵。更希望自己能参透人生的真相，再从中获得倔强和快乐，那种快乐恐怕会更真实些。”

这是李老十为他笔下的残荷所做的最好的诠释吧。其实，李商隐的那句经典“留得残荷听雨声”也是此境地，有人觉得苦寂，有人悟出禅意，也有人听出趣味来。

一段时日后，我依旧对“莲花落”这三个字念念不忘。于是打开百度搜索栏，输入它们，然后惊住。

莲花落原来是一种民间艺术啊！它是一种说唱兼有的曲艺，流行于京、津、河北等地。也作莲花乐，源于唐、五代时的“散花乐”，最早为僧侣募化时所唱的宣传佛教教义的警世歌曲。宋代始流行民间，清代后期最兴盛。后渐渐式微，北方的“二人转”流行，酷似莲花落。

民间的传说为莲花落是乞丐要钱时所唱的歌曲，宋朝时就有了。《五灯会元》里记载：“一日，闻丐者唱莲花乐，大悟。”莲花乐即莲花落。

莲花落在民间多为盲人、乞丐谋求生活的方式。人生无论多么困窘，却可以在这落魄凄凉里说唱逗人欢乐，无怪乎会大悟。

没想到莲花落隔了那么山长水远的时空，却能与李老十的残荷不谋而合。像李老十说的那样，要参透人生的真相，再从中获得倔强和快乐。人生的真相是什么呢？说到底还是痛苦的。

莲是美的，善的，洁净的，出于淤泥而不染，从苦痛的淤泥里伸展出美好净纯的莲花。

人生的真相其实就是一池淤泥，而快乐恰似淤泥里绽放的莲花。都是短暂的。

世间的道理很多都是相通的。莲花落，不管它是作为一种曲艺，还是诗人画家笔下的残荷，都在警醒我们，要爱惜，要快乐。

# 青菜香，岁月长

你相信吗？有时候我们尤其容易被熟识的食物猝不及防地打动，比如日日温暖我们肠胃的青菜。

上午读书的时候被一阵清新熟悉的异香搅扰。眼在字上，心和鼻翼却在这香气里流光般飞舞。于是，书被我抛下，站起身，我像个寻宝的人沿着香气的蛛丝马迹探寻。

厨房的门开着，我看到早上洗切好的韭菜正悠然地躺在盘子里微眯着眼打盹，它的旁边还放着一筐洗好的茎叶粗阔的菠菜大哥，眼观六路而耳听八方地探视着来自这个寂静世界的动静。

我俯下身，深深地呼吸，贪婪地深嗅——这熟悉的清新的异香，就是来自它们了。在有些滞闷的空气里，这来自最普通的青菜的香气令人通身舒泰，神清气爽，无缘由地心生喜悦。

我想起了早晨的事，站在厨房里发呆。这个年代，固然不缺吃短喝，可是总会为吃什么而犹豫徘徊。我习惯早上煮粥喝，然而米抓到手里忽然生出几丝腻烦。然后一把碧绿的香芹就适时地闯到了我的视线里，心下生喜，竟有了主意。

我学着母亲的样子，把香芹的叶择下，洗净，洒上面粉，放在蒸锅里开始蒸。这期间我并未闲着，像一个勤奋的主妇一样，统筹安排着一天的吃食。因为我又注意到了厨房里摆放着青绿的韭菜和菠菜。我把它们择好洗净，已把中饭和晚餐都想好了。中午吃韭菜馅的扁食，晚餐凉拌菠菜，一素到底。

香芹叶蒸好了，拌上蒜汁，搁点香油，吃完了还回味不尽。这样的味道是当年的味道，素食年代里吃一把青菜都让人感激的老时光。一天的好心情就在这样的老时光、老味道里绵延开来。

素食的老时光要回溯到小时候，青菜都是自家地里种的，绝对绿色无污染，是平常百姓家漫长岁月里的最重要的食物。肉食是稀缺得很，也只能在逢年过节时奢侈一把。就算家里平常来了客人，煎豆腐和炒鸡蛋是比较拿得出的好菜了。因此，母亲养的鸡鸭，下蛋是最大的用处，一般是不能宰杀的。

天天粗茶淡饭，筷子下总是缠绕着青菜。当然也有厌的时候，然而当大快朵颐过后，恋恋不舍的依旧是青菜的香味。哪怕是这么多年过去，留在记忆里的却不是罕见的肉食的香味，而是绵绵不尽的青菜香。那是骨子里祖祖辈辈的味道，是天长地久亘古不变的情怀。

明朝洪应明写了一本非常好的书，名字叫《菜根谭》。和同一时期的《小窗幽记》一样，讲的是为人处世、修心养性的道理。光看名字，就平添几分亲切和素常。大学时和同学一起去图书城买书，琳琅满目的图书，我一眼瞅见了《菜根谭》，再也不舍得放下。嚼得菜根，百事可为。那时候青春年少，意气风发，心里是装着满怀理想的。自然而然与它一见钟情。

时过境迁，也早已过了做梦的年纪，可是却越发热爱《菜根谭》。我把它作为枕边书，就像我日日把青菜作为营养生命的养料一样，《菜根谭》的菜根香成了营养我灵魂的香气。

如此，书香和菜香的相伴，在寂寥悠长而又动荡波折的岁月中，才得以从容淡定。

# 乐 在 简

喜欢一个字：简。

提起“简”，习惯地会扯出来“繁”。“繁”是一个热闹的字眼，花红柳绿，繁花，繁华，繁荣，繁茂。然而久了，就会繁杂，繁乱，繁忙，以至于“繁”成了“烦”。细水流年的小日子，“繁”是生命中的不可承受之重。

“简”就不一样了，视觉上就已经令人神清气爽了。简单，简朴，简洁，简明，简淡，简雅，简宁，简净……你看，和它站立在一起的字是那么低眉顺眼，甘愿做陪衬。宛若一对对琴瑟相合的小夫妻，营造出快乐幸福的磁场，让人禁不住心生愉悦。

丰子恺先生说“渐”的本质是时间，那么，“简”的本质应该就是快乐。

我是一个喜欢收藏旧物的人，屋子里的角角落落堆满了瓶瓶罐罐，衣柜里塞满了衣服，百十平的房子被我塞得水泄不通。眼看着夏季来临，天气越来越热，狭小的空间让人憋闷，脾气像是纸做的，一点就着。终于，在家里人的无数次愤怒下，我决定大刀阔斧地裁剪生活。忍痛割爱，该送人的送人，该丢的就丢。这样一来，家里一下子空阔了很多，窗明几净，心也跟着亮堂起来了。

也许好多人都是如此吧，有些东西留着也没什么用，扔了又觉得可惜，就这样迁就着、凌乱着。殊不知，生活本身就是一场删繁就简的过程，越简单越快乐，一如赤子。

曾经去拜访过一位很讲究的朋友，原以为他的家会装潢时尚高档，可以一饱眼福。然而一脚踏进门口就让人失望了，简洁明了，清一色的白墙壁，寥落地挂着几幅字画。不过在他家，不会有局促之感，反而自在轻松，亲切愉悦。当被问及何以这样装时，他的话更让我意外了，他说："这是我兜兜转转之后穷尽心思想来的，绚烂之极归于平淡，生活本就如此，一切外在的虚华都是累赘。"我想到了一句歌词：任她们多漂亮，不及你矜贵。是的，任那些粉饰多炫目豪华，也不及一壁白墙的无瑕。

做人又何尝不是如此！背着沉重的枷锁，在虚名浮利里穿行，到头来却是尘归尘，土归土。《红楼梦》里的王熙凤机关算尽太聪明，到头来反误了卿卿性命。心机灵巧未必是好事，心思简单也未必就是坏事。活得好才是王道。

看过一份调查报告，一百个人中，有多半是不快乐的。其实，生命是如此难得，每个人都应当是快乐地活着。之所以不快乐，是因为"繁"字当心，遮住了阳光。当把心中的一层层"繁"简化的时候，生活的乐也就在握了。

# 且听风吟

路过一个镇子，在那一带民居中，尽是别墅样式的小楼，气派，高门大院，深深围墙，望而生畏。唯有一户人家，是一幢素朴的二层小楼，风格样式守旧，甚至有些黯然，却散发着一种清新、令人欢畅的气质。

那素朴黯然的楼前也有大院子，而院墙真是古意有味，由植物围绕而成，先是一棵棵木槿，木槿上又爬绕着牵牛。院子里满满的也尽是植物的气息，一边是时令的蔬菜，一边是高低错落的花花草草。

遇到如此古意盎然的景致，真是一种福分，脚步和心都被牵绊住了。见一中年女子正在院里花草间浇水，一个小女孩儿趴在二楼窗前的阳光里读书。过了一会儿，在那样的寂静安然中，一寸一寸的植物气息里听到了她们的一段对话。

“丫头，发呆呢？那首诗你背会了吗？”中年女子柔声问，说着自已先背起来——沾衣欲湿杏花雨，吹面不寒杨柳风。

小女孩儿没吭声，像没听见似的，或许压根儿就是没听到，继续保持着发呆的姿势，侧着身，望着远处，一动不动，认真得很。

中年女子笑了笑，又柔声问了一遍。小女孩儿突然扑哧一声笑了，有点儿埋怨有点儿撒娇地说："妈妈，你先安静点，打扰到我了，我正在听风声呢。"

妈妈好像并不觉得奇怪，且很有兴致地问："啊，风声呀，好听吗？你听到什么了，快给妈妈讲讲吧。"

"好听！好听！妈妈，那风声呀，和你的声音一样好听，会讲故事，会唱歌，还会背古诗呢。"

后来，妈妈在小女孩儿的建议下也认认真真，静静地和她一起听风声。母女俩，一个在满院的植物里，一个在金黄的阳光里，倾听风在人间的吟唱。然后过一会儿又叽叽喳喳，像快乐的鸟儿一样争相讲自己听到的有趣的故事和歌谣。

我也学着她们的样子，站在木槿树旁边静静聆听，可是我什么都没听到，只有轻轻的风从脸颊擦过，像母亲温柔的手。

离开那个镇子后，对那个植物环绕的院落，那对可爱有趣的母女，还有她们听到的风声，念念于心。尤其是当生活烦闷，当沉在人生的低谷，当在城市的车水马龙和钢筋水泥里迷失错乱的时候，是多么向往那样清新质朴的有趣时光。在我们寻常人的耳中，"风声"两个字听起来是带些慌张和紧迫劲的，而她们却可以听出这世上的美好。

在一个久雨天晴，风轻云淡的上午，我打开窗，趴在阳台上，呼吸着清新的气息，望着远处香樟树顶那泛着青碧的光晕，心神宁静，如一株原野里的植物。风从耳际轻轻吹过，像母亲柔柔的声音，也像恋人低低的私语，也像孩子附在耳边细语，禁不住想起那些美好有趣的事。

而我也终于在那时听到了美妙的"风声"。

# 送快递的女人

第一次同她打交道，就闹了小小的不快。按照送货单上的地址，她找不到我家的门牌号。电话里询问，我告诉她到某某超市门口就行。

隔了一会儿，她来电话说到了。我急匆匆下楼，环视四周，并未看到有送快递的。打电话去问，她说："我就在这里等你呀。"我们在电话里说来说去，怎么也说不明白。我有些生气，电话那端却不说话了。我更气愤了，忽然听到了她大笑，并说："原来这附近有两个名字相同的超市，你等一下，我马上就到。"说真的，刚搬来不久的我，还真的不知道有相同的超市。

超市门口徘徊的我还是没有认出她，直到她扬起包裹喊我。那样粗硬爽朗的声音，绝对想象不出会是一个女人。况且，印象里快递这样辛劳奔波的活儿，女人多数做不来。她结结实实站在我面前的时候，我忍不住打量起她。她不是那种小鸟依人，小巧玲珑的女子。和她的声音一样，高大、强壮、明朗。脸颊上两朵红晕，是高原红。风吹日晒，也许受过不少苦吧。看她的年龄，我足以喊她阿姨了。本来想责备她的话到了嘴边又咽了回去。

她嘿嘿笑着向我道歉，解释道："咳，我刚来不久，负责这块地方，还不熟悉，以后不会发生这种情况了。"

她笑起来的时候，脸上的高原红一点儿也不难看。像开在脸上的两朵花，红艳艳的。我扑哧也笑了，这种情况怎能怪她呢？

此后果然常常见到她，有时仅仅是路上碰见，她也会递过来一个大大的笑容和一句温暖的问候。她有着乡村人的朴实和热情。

一次来送件的竟是一个清瘦的大男孩儿，男孩儿向我说，他母亲昨天淋了雨，感冒发烧。怎么劝都不肯休息，怕耽误已领回的件。

我抬头，远远的马路对面，她坐在车上，恹恹的。看到我，她挥了挥手，仍然热情地向我笑。

后来，我知道了她竟是一个如此不凡、硬性的女人。只有小学文化的她，却培养了两个大学生孩子。

原本，她是在家缝缝补补、照顾孩子的幸福女人。十几年前，丈夫在一场灾难中离世。悲痛欲绝地擦干眼泪，对年幼的两个孩子说，我们要好好活着。她以柔弱之肩挑起了生活的担子，一点一点把自己锤炼得坚不可摧。她像男人一样在采石场做过工人，攒了一点儿钱，买了一辆三轮车，做起了卖菜的生意。两个孩子陆续考上大学后，她也在亲戚的介绍下，到孩子所在的城送起了快递。

不久后的一天傍晚，在公园里，看到她和她伶俐可爱的女儿坐在公园的长凳上聊天，叽叽喳喳，倒不像母女，像两只快乐的鸟儿。夕阳的余晖洒在她的身上，宛若给她镀了一层金粉，明亮得晃人的眼。

蓦地想起，贾宝玉说，女人是水做的。而事实上，有些女人是金子做的。经得起生活的敲打和磨练，岁月里愈沉淀，愈泛出璀璨的光芒。

# 跑步看云

闲看庭前花开花落，漫随天外云卷云舒。看云是个闲庭信步悠悠然的事儿，跑步呢，也要有“闲”，却不可信步了，也不悠悠然了，那是体力和耐力的考验，是马不停蹄的重复和枯燥，是与寂寞无聊坚守一场温柔的对抗。

身心素质不行，一年来总有数不清的小烦恼小感冒之类的，经过关心的人谆谆劝说，我决定增强免疫力，由闲庭信步看云的姿态转为在路上的奔跑。

我去公园里跑步了。跑步时不见有人扬头看云，倒是双耳戴着耳机，独自陶醉于一个人的音乐中。跑步听歌，真是天仙配呢，沉浸于喜欢的乐声里，外界的一切都成了摆设，枯燥乏味和重复的寂寞也在歌声里沉默。

可是，在我这里，却成了糟糕的搭配。我觉得乱，乱得心烦气躁。

起初还好，时间长了，思绪就飘飞了，一个个乐符倒成了一个个乱码。是的，别人的经验再好，用在自己身上，未必就天衣无缝的合适合意。

我又扬头看云了，虽然我不是在散步，而在跑步。我总是会想起从微信上看到的一个故事，说一个成功人士曾经落魄到要乞讨的地步，他没有去乞讨，而是去追着一片云，那片云把他带到了一个工地上。他感激那片云，用自己的辛劳又开始了新的起点，从而一步步走向了明朗的前方。那么，我头顶上的云会把我带向哪里呢？

跑步有时在阳光明媚的上午，有时在晚霞灿灿的傍晚。云总是千变万化的，变又万变不离其宗，无论哪个时刻的云，那底色的天空，那格调都很阔大。我绕着公园最外围的红砖林荫道一步一步跑着，目光追随着前方高大树木梢顶上的云，云也在跑，一朵追一朵，追上了，又汇成一大朵。真想拿一把尺子上去丈量一下，云朵流汇的天空到底有多辽阔。

高大树木从下往上方看，仿若井底之蛙，因为在不停地跑着，眼光却并不狭窄。前方的云高高地越过梢顶往两边舒展开阔，眼盯着不断汇聚而来的辽远，此情此景，令人心也跟着阔大了。

哪里还有枯燥和无聊的消息呢？就连那些隐匿在心底的烦恼苦恼也一并清除了。跑步看云的时候，身心都舒展开了，内心是清阔的、愉悦的。遇到一株被风吹倒的小草，一朵不起眼的小花，一只调皮的毛毛虫，还有那个用力在搬运面包屑的小蚂蚁，竟升起慈悲怜爱心。

发明汉语拼音的周有光老先生已经一百一十多岁了，近来看到他对人生的看法，他遵从心宽寿长，遇到什么事情都不生气。“猝然临之而不惊，无故加之而不怒。”胸襟要宽大，碰到许多困难，胸襟宽大就无所谓。

这不正是“跑步看云”的人生姿态吗？“在世界上许多事情，不可能样样都顺利的”，恰如身体，食五谷杂粮，不可能永远都好好的。所以要锻炼，要去“跑步”，要去“看云”，开阔胸襟，增强对外界的抵抗力。

# 长巷青蒜香

走进那条巷子里，实在是一种偶然。我去后街市场买菜，有一条宽大的马路可走。这条巷子却窄窄的，两个人并行时已显得拥挤了。

很多次从巷口经过，我都不曾进去过。路面都坏掉了，坑坑洼洼的。晴天尚好，雨天更让人气怯了，在巷口就可以望到那一滩滩混合了各种杂质的污水。

巷子里尽是多年前的老房子，挤挤挨挨的，破破败败的。用风烛残年来形容，一点儿不过分，佝偻着背，咳着喘着。窗户不像窗户，门不像门，墙不像墙，多是七拼八凑的。屋宇连着屋宇，巷子套着巷子，灰茫茫的一大片，迷宫一样。有人用木柴在细细的铝壶里烧水，黑灰的烟冒出来，呛得过路的人两眼泪水。

当地人早已不在这里住了，巷子前面有新居，两层的小楼，贴着明晃晃的瓷砖，又干净又舒适。住在这里的都是外来的打工者，讨生活的穷苦人。有卖菜的，卖大饼的，磨豆腐的，炸油条的，修鞋的，收破烂的；也有工厂里做工的，挤公交车上班的刚毕业的年轻人。在家千日好，出外一日难。他们没法像当地人那样讲究，能遮风挡雨，容身，就行了。

那天，和往常一样，路过巷口，不经意地一瞥，竟很吃惊——巷子里的路修了，铺上了一层青灰的方砖。那方砖的样子好古朴，铺得也好齐整，我一时兴起，抬脚就往巷子去。

巷里除了路面洁净外，其他的没什么变化，依然是颓败的情形。巷子是长巷，当我走到中间的时候，眼前竟陡然一亮——巷子边上的一家窗户上挂着一盆花，确切地说，那是一盆绿植。花，对于住在深深长巷里的人来说，多少有点儿奢侈，也没有那份闲情。站在窗前的时候，我才看清，不是什么绿植，是青蒜苗。也不是花盆，是盛油的塑料瓶，上半截裁去了，下半截宽大，盛了土，两根绳子穿过，吊在窗户上。我看那窗台窄小，还剥落了几块，难怪主人想到了此法。看上去，这主人只住着这一间屋，对着巷子，斑驳的房门上落着一把锁，静静的。

我不舍得离去，兀自站在窗前的蒜苗前出神。风从巷子的尽头吹过来，青蒜苗摇摇摆摆，当空跳起了舞。已是初冬了，风是冷的，一切都呈肃杀萧条之势。而眼前的这些青蒜苗，摇摇曳曳，摇得心底一片葱茏。像漫漫黄沙中的一小块绿洲，像漆漆暗夜中的一盏灯光。如果这些蒜苗出现在亮堂的阳台上，我也许不会惊叹。但，生活在这样逼仄枯瘦的长巷里，仍然有如此美的想法，如此富有诗意，不得不让人叹服主人那颗热爱生活的心。

我心里惦记着那青蒜苗，又去了几次，却不曾见到主人，门总是寂寂地锁着。

后来，一天中午，阳光实在好，我溜达着又到了巷子。一进巷子，一股淡淡的清香就萦绕在了鼻尖。走到挂着蒜苗的窗前时，赫然看到蒜苗被掐去了一些，露着齐整整的绿根。房门竟是开着的，一对中年夫妻坐在门口，低着头吃饭，男人黧黑结实，很憨厚的模样，女人朴实，黑黑的发在脑后绾了一个髻。女人抬起头，看到我，笑盈盈的，虽不相识，却热情地打招呼："吃过了？"我也笑，答："吃过了。"心里暖融融的。我看到她手上的碗里躺着热乎乎的面条，面条上卧着几片青蒜苗。那清香原来源于此呀！那男人只顾低着头呼噜呼噜地吃，很香很香的样子。

阳光很难得地照进了巷子，落在门楣上。他们夫妻沐浴在阳光里，岁月静好的模样。我禁不住回头又望了一眼。他们真是俗世里最幸福的夫妻。贫穷也罢，辛苦也罢，就这样平淡地相守着，真好——日子过得像长巷里的青蒜苗一样，到处流动着清香。

# 一心向阳，一生向暖

外面已经是冬天的气象了，凛凛寒意冷冷风。屋子里通了暖气，融融的暖。知足而常乐，这样寻常的事情不免也让人心生愉悦。

傍晚，孩子放学，欢腾着跑回家来，一刻也不肯消停，屋子里到处乱窜着玩他的小贴画。我系着围裙，佯怒道："学校玩了一天，怎么还没玩够啊！"先生笑，亲昵地揉揉孩子的头，哼着歌自去忙了。爱玩本是天性，我的怒其实也带着几分宠爱的甜蜜。我到底没忍住，也笑了。然后一头扎进厨房，甜蜜地为亲爱的人熬粥炒菜。

这是天底下最普通的寻常百姓家最素常的日子吧！每个人都会经历，每个人都会轻而易举地拥有。稀松平常，如日升日落。也极清淡，像一杯白开水。可是我却想：如果把这样的情景用浓淡相宜的笔触画下来，那一定是天底下顶温馨顶幸福的画面。而看过的人也一定会过目不忘，深感共鸣，哪怕它是那么普通！因为人心向着美好，永远一如日升日落般自然平常。

饭后闲翻旧笔记，刚打开两页，就被一行字吸引，一时万般感触。不过是简单的八个字——一心向阳，一生向暖。不记得何时写下，从何处摘得。只如今看来，依旧心动，竟蓦然想起近来的一事。

这事是菜市场里遇见的。我们这边算是京郊了，还守着古老的习惯，每个月逢四逢九都有热闹的集市，在修建得很平整的广场上。我很爱这民风纯朴的集市，有几分乡村的味道，风雨无阻。

那天是十九，天冷，又下着雨，集市上依旧很热闹。我一眼就看到了一个菜摊前摆着的荠菜，苍绿的，塑料袋装着，满满的一大袋。我是爱荠菜的人，站在摊前挪不动脚步了。春在溪头荠菜花，荠菜当然是春天的佳肴。这时候已深秋接近冬天了。

问摊主："大棚里种的吧？"摊主一看就是个实在人，瞪大了双眼，告诉我这是天然的，从天津收过来的，一对老年夫妻挖了一天，又拣了半夜，一共两包，六十斤，给了他们一百五十块钱。

说着他让我看挨着荠菜根的茎叶，都是有点儿发紫，那是野生的标志。有几个年长的大妈围过来，纷纷说是。

我买了一斤回来包饺子，果是天然的，吃着很老了。

之后，我却念念不忘这深秋的荠菜，该有着何等的坚韧，任风吹雨打，从春走到萧条的暮秋。心里定是藏着执念，只要太阳每天照常升起，便不萎去，一心向着阳光而生。只要世界上还有一点儿暖意，便向着暖意而活。

还有那对年迈的挖荠菜的老人，也让人心心念念。他们的心里也一定藏着阳光藏着暖。年迈之人本该是享福的，却不辞辛苦，甘愿用自己的劳动换取生活的好。

佛说人生有八苦：生、老、病、死、怨憎会、爱别离、求不得、五阴炽盛。这八苦，大概没有人可以逃过。人生一世，草木一秋。需要的是一颗平常心，享受平常的喜乐，承受平常的烦恼。像暮秋的荠菜，像那年迈的老人，向着阳光，向着暖。

# 土豆发芽当花看

那条胡同里都是两层楼，密密挨挨的，住了很多人家。多是外地人，有的拖家带口，挤在狭小的房子里。他乡讨生活，阔绰不阔绰，不需要那么讲究了。只要有一个温暖的住处，只要一家人在一起，最简单，也最容易幸福。

一楼人家的门都是向外开的，他们的生活，喜怒哀乐，过往的路人都看在眼里。有一户人家很有意思，在门口放了一张旧桌子，桌子上总摆些有趣的植物。比如一个空油瓶剪了上半截，盛了土，放几颗大蒜，就长出了青青的蒜苗。一个旧脸盆里养着小葱。一个矿泉水瓶里养着叫不出名字来的小花草，不名贵，公园郊外遍地都是。

我喜欢走进那条胡同，人和人之间特别亲切，又喜气盈盈。生活的有趣和热闹都在那里了，人活着简单、知足。幸福就像门前的阳光，洒落在每个人的脸上。

那户门口摆放植物的人家，女主人是个年轻女子，又高又瘦，还留着齐刘海，很文静，总是笑盈盈的。她家有两个孩子，一个女孩儿，一个男孩儿。女孩儿大些，读小学了，男孩儿小些，该上幼儿园了。这家的男主人很憨厚和气，是个技术工，在市里上班，每天背着工具，风尘仆仆的，早出晚归。

他们该是整条胡同里最幸福的人家了。每次路过，不管什么时候，他们一家人总是很和乐。

有时，离好远就闻到了馋人的饭菜香味，多半是他们家的。经过他们家门口，果然，女人扎着围裙忙活着，男人在家时则悠闲地哼着小调在门前的桌上掐几根蒜苗或拔两根小葱。

男人偶尔也会站在门口和邻居聊天，他说："我每天下班，只要一转过胡同口，看见我们家门前桌上的蒜啊葱啊花啊，我这心就一下子暖了，哈哈。"

那姐弟俩很好玩，也懂事。妈妈做饭，洗衣服，侍弄门前桌上的植物，姐弟俩就在门口玩。咯咯笑，唱歌，做游戏。妈妈干活，一会儿抬头看看他们开心的样子，也跟着笑起来。

记不得哪一天了，我和他们的妈妈聊了两句，赞她门前的植物。我再经过他们家门前，姐姐就笑眯眯地喊阿姨好，弟弟也跟着姐姐喊。那甜甜的声音，那热情和可爱，让人心都糯化了。

有一回，他们家门前的桌上放了个发芽的土豆。谁都没有在意，谁家的厨房里没有过一两个发芽的土豆呢？

日子像往常一样，没有人有闲心去关注一两个土豆的世界。它们也追着时间往前赶，暗暗生长着。然后在某一天就惊了人的眼——青枝绿叶，成了一蓬旺盛的绿色植物。

一个过路人觉得有意思，拿起了青枝绿叶的土豆看半天，啧啧称赞，对他的同伴说：“好创意，土豆也能当花看。”

我正好在他们身后，听到了他的话。想起了之前看过的一副画，老树画的，和眼前的情景一个模样。一个土豆长成了一株植物，青色的茎，青绿的叶片。很喜人。老树题诗说：“土豆已经发芽，不能炒菜下饭，那有什么要紧，可以当作花看。”

过了几天，那家的女孩儿告诉我，那土豆是房东家扔的，妈妈觉得可惜，说捡回来放在门前当花养着吧。

有人说，经营好一个家庭，把日子过幸福，和掌握好自己的人生一样艰难。尤其是女子，要完成角色的转变，从过去的公主学会做一个好妻子，一个好妈妈。生活里那些一地鸡毛的琐碎，很容易淹没了自己。很多人总是说没有了自己，不再有属于自己的时光，甚至改变了往日性情，易怒易躁，或抑郁。

后来，我和小女孩儿一家很熟悉了。常和他们的妈妈聊天，聊起家庭婚姻，她说最初也有过那样迷茫的阶段。她指指门前桌上的植物对我说：“你看，是它们让我变得慢慢平静，那是属于我自己的小时光。我再忙乱，总要抽空去看看那些植物，侍弄它们的时候，心总是软软的。它们是很平常甚至有点儿俗气，生活也不是这样吗？把它们当花看，心就明净了。”

生活就是这样的简素和美好，一个丢掉的发芽土豆，一把葱，几颗大蒜，都可以养起来当花看。有一个词叫生活家，其实人人都可以是生活家。只要有这样“当花看”的朴素心地和智慧，便可以把平常的甚至乏味单调的日子过得意蕴盎然。

# 读书，是最美丽的姿态

等车的时候，碰上的她。朔风凛冽，我抱紧双臂，跺着脚，安静不下来。这时，就看见了她。她走得慢，身子倾斜着，右手里提着环保袋，一袋子的书。近了我才看清，她好年轻，也许还是一个学生呢。她衣衫素朴，长得不美，甚至有点儿胖、有点儿黑。

她的到来，让等车的人群有了片刻的骚动。大家看她，还有她手中提的书。仿佛她是天外之人，从另一个世界而来，目光里饱含着惊异。她似乎并不在意，冲人群咧嘴一笑，抵不过这样的温情，很多人也向她笑了笑。

她站定，望望路上长龙一样排起的队，没有抱怨，也没有懊恼。她不慌不忙地拿出一本书，安之若素地、大大方方地看起来。她看得那么安然，好像吹过来的冷风和堵车的烦恼同她无关一样。

人群早已恢复了常态。有的人引颈张望，有的人喋喋不休地抱怨，有的人焦灼地走来走去，一脸不耐烦。更多的人是麻木着脸，缩肩弓背，低着头，玩弄着手机。

世间万千，等车的人群也算得上世界的一个小小缩影。活着本身就是一个乘车的过程。这趟车是生命列车，甚至于目标都是一样的。纷呈万象，不同的态度却造就了截然不同的心境。

再看她时，她依旧捧着书，沉浸其中，嘴角牵起微微的笑意。她站得很轻松，微低着头，怡然自得的样子。我想：此时，如果有摄影师看到了，一定不愿意错过如此美的镜头。

而我也在她的安静里安静了下来，很仔细地在心里一笔一笔描摹，想留住这美好安然的画面。

亦想起曾看过的一篇文章，作者记忆里的一副绝妙美图，时光淘淘洗洗，愈加清晰：西湖苏堤，波光潋滟的湖水，碧蓝如洗的天空，如盖的香樟古树下，一个亭亭玉立的长发少女坐在椅子上专注地读书。

这样的画面总令人喜悦。湖水一样清澈，天空一样清明。也许根本看不清她的容貌，因为她是在读书，一下子就美妙万分。即使换成任何人，这样的场景，依然会让人心动。

古语云：“腹有诗书气自华。”林语堂先生也认为读书使人散发出一种优雅和风味。读书的人就像一粒种子，书籍是最好的养料，在书香袅袅里成长绽放，开出尘世上最好看的花。

读书的人身旁缭绕着一种美妙的气场。无论走到那里，看到手捧书卷的人，总禁不住心生敬意。几百年人家无非积善，第一等好事只是读书。第一等的好事，能不让人羡慕，不让人敬服吗？读书是好事，也是美事。

大美为心净，中美为修寂，小美为貌体。滚滚红尘，熙熙攘攘，唯有读书能让人静下来。窗明几净，一书在握，心清心明。只有先静下来，心才会净。貌体终究只是小美，读书才是大美之路。

不管是青春年少，还是苍苍暮年，不管是穷是富，是丑是美，读书的姿态，都是最美丽的。

# 辑三／街边的风景

在这条老街上，做小生意的基本上都从他乡而来。街里卖菜的，卖馒头面条的，卖大饼的，他们都像水果摊的夫妇一样是从故乡漂过来的一棵小树，然后渐渐扎根在异乡的泥土中，在时光里成了老树，成为街边不可取代的风景。他们虽不是微笑沉默的高士，却是勤勤恳恳、踏踏实实，勇于在最深的烟火中讨生活的人，是不可或缺的。

# 卖白菜的老人

说起孙老头和他的大白菜，几条巷子里无人不晓。孙老头真有两下子，甚至三岁的顽童都惦记着他。

我刚搬来两天，邻居就向我讲起了孙老头。不就是一个卖白菜的老人嘛，有什么稀奇的。邻居一脸陶醉的模样，摇摇头说，他的白菜好吃得很呢。

过了一段时间，巷子里突然响起了一阵洪亮的吆喝声。邻居着急忙慌地喊我，孙老头来了。我一愣，也着急忙慌地跟着跑过去。

巷口前停着一辆三轮车，已经围满了人。一群孩子叽叽喳喳，簇拥着一个老人。这老人肯定就是孙老头了——衣着洁净素朴，头发花白，身躯矮小，但精神矍铄。他正麻利地从兜里掏出一把糖，分给孩子们。孩子们兴奋得又叫又跳，孙老头满布皱纹的脸笑成了一朵花的模样。

我走近三轮车，拿起一棵白菜，玉一样的叶片，青翠欲滴，忍不住赞道：“这白菜真好看，像一大块青玉。”

老孙头哈哈大笑，说：“不仅好看，还要好吃。姑娘第一次买吧，保你吃了一回，想着下一回。这是自家种的，纯天然，不喷药，不信你闻闻？”说着他已经低下头，在一棵白菜上使劲嗅了一下，然后抬起头，长出一口气，拉长嗓音说：“好香啊。”他可爱的样子逗得大家都笑了。

老孙头使用着原始的杆称，称杆翘得高高的，不缺斤短两，不斤斤计较，便宜得如白送。

听邻居说，孙老头是本地人，家就在附近，有一个大院子。他是技术工人，退休后，无事，就在院子里种起了菜。

据我所知，本地人出租房屋，一年下来，也有一笔可观的收入，况且孙老头又有退休金，生活不但不成问题，还应该相当滋润。真让人想不通，为什么不颐养天年，还要辛辛苦苦种菜卖菜呢。

不过，孙老头的白菜还真是好吃。我用白菜剁了饺子馅，吃起来香脆可口。

正是白菜上市的季节，孙老头便常常出现在巷子里。我买过两次后，和他有些熟悉了，就问他：“孙老伯，您吃穿不愁，还卖啥菜呀？”

孙老头急得连连摆手说：“你叫我啥？孙老伯？多别扭，多客气，多见外，多陌生呀！叫我孙老头，亲切，听着心里舒服。”

我笑着连忙改口：“孙老头，孙老头。”孙老头哈哈大笑起来。真是一个怪老头，一个看似不敬的称呼却被叫出来一种亲切，人与人之间的距离在一个称呼里转瞬即逝。怪不得巷里的大人小孩称他为孙老头时，他脸上乐开了花。

孙老头却未回答我的疑问，蹬上三轮车走了。刚几步远，蓦地想起了什么，赶紧刹车。从车上下来后，伸胳膊踢腿，笑眯眯地对我说：“生命在于运动，我这人呀，闲不住。闲着啊，心里就慌。”

我也跟着他笑，又问：“你的白菜这么好吃，有啥秘方？”

“用心，用心。”孙老头说着神秘地指了指自己的心，边笑边跨上三轮车，哼起京剧，慢悠悠地往巷口去。

我也走出巷口，一抬头看到天边灿丽的晚霞，那么美。

# 云在青天水在瓶

去市场买菜的时候，总要穿过一条路，路过一家修自行车的铺子。

这条路也可叫作巷子，可是又比一般的巷子宽得多。路的两侧，一边是民居，一边是个小学校。这一带没有高楼大厦，多是素朴的四合院。小学校也是素朴的瓦房子，一排排红砖红瓦。甚至连学校的围墙也涂成了红色，朱红色。围墙外垒着长条形的花坛，总是开着各种各样的不知名的小红花。

这条路在放学的时候热闹极了。孩子们活蹦乱跳，一尾尾欢乐的小鱼儿。接孩子的家长们呢，笑眯眯的，追着跑在前面的孩子喊："慢点儿，慢点儿。"还有推着三轮车卖豆腐脑的、卖栗子糕的抑扬顿挫的吆喝声。更多的时候这条路是安静清幽的，围墙内孩子们的朗朗读书声、欢乐的戏耍声，则更显得路的幽静。

修自行车的铺子就在这条路的靠北一点儿的位置，对着学校围墙外那长条形的花坛。铺子像所有的修理铺一样，很简陋。靠着民居的围墙搭着一间几平米的小房子，放着工具，以及自行车上的一些新的旧的零件。挨着又搭了一个小棚子，放了一张桌子，几把椅子，是干活的地方，也是休息的地方。不同的是这个小修理铺从不让人觉得油呼呼的、脏兮兮的。它整洁、舒适。小房子、小棚子上都爬满了绿色的植物，清新而葳蕤。棚子下的桌子上总是摆放着一个瓶子，每天都插着各种各样的花或绿植，一截柳枝、一段房子上的青藤、一朵小紫花……瓶子是旧的矿泉水瓶子，盛着洁净的清水。桌上还搁有一个茶壶，几只杯子。

最奇怪的是修车的人，是一对看上去五六十岁的老夫妻，穿着干净讲究，老爷子高大气派，老太太细致优雅，怎么看都不像肯弯下身去做如此卑微工作的人。然而的确如此，路过时看到老爷子那样认真庄重的修车模样，让我不得不相信事实。很多时候看到的老太太是打理打理房前棚前的藤蔓，给矿泉水瓶换换水，或者就坐在那里，喝喝茶，看看眼前的一方青天，一朵白云。

我住的地方与这儿有些距离，所以与他们无缘结识。虽觉得他们特别，心生好奇，可每路过，步履匆匆，也没什么事，就不好冒昧前去打扰。

不久前，刚给孩子买的小自行车突然就不能骑了，我带着孩子去修车，却偏偏老爷子不在。老太太很热情，正坐在棚子下和另一老太太聊天，急忙站起来招呼我，见孩子着急，她搬起车子就检查起来，麻利又熟练。

我惊讶："您也会修？"

她忙着手中的活，笑了，还未张口回答我的疑问，旁边的老太太抢过来说："嗨，她会啊，她二十一岁就开始开车了，整个市里头辆大解放，她和她老伴开了一辈子车了。"

我惊叹不已。又禁不住问道：“辛苦了半生，怎么不在家歇着呢？”

她抬起头，向对面努了努嘴，笑着说：“孙子在这儿上学，孩子们也都在这儿，退休了，闲着也是闲着，有个事做啊，心里踏实明朗。”老太太已经把车修好了。洗了手，又去给桌上的一朵花换水。

望着老太太手中的矿泉水瓶，我突然就想到了一句禅语：云在青天水在瓶。想那老太太夫妇俩年轻的时候一定有过很好的前途，就像云朵拥有广阔的青天。到老了，青春不在，光芒不在，事业不在，依然保持着一颗清纯的心，像瓶子里的清水一样明净。在这条寂然的路上，淡定安然地做一个卑微的看起来有点儿不体面的修车匠，在一生最后的时光里尽力做一些力所能及的事。

这样的人生是多么圆满啊，拥有过人生的灿烂，亦能安然于人生的清寂。看似弯下身，卑微地放低自己，而骨子里始终是高贵的。

# 街边的风景

上午带孩子在公园玩，孩子玩泥土，我拿了鲍尔吉·原野的散文看。翻到第六页的时候，看到一小段话：不同的树的姿态比建筑物更美，它们高低俯仰，疏密错落，塑造别样的景观，树们四季呈现变化的美，比呆板的房子更灵慧。树在风里飒飒，包藏花果，它们是微笑沉默的高士。

往下，我一时看不下去了。这两句话是有生命的，书本是它们的土壤，它们从第六页长出来，转眼成了两朵好看的花，攥住了我的眼和心。我本来是坐在树荫下的，也坐不下去了。站起来远望、近观，我在赏树。我从来没有好好看过树，倒是也附庸风雅，花开的时候吧吧地赶着赏过花。

赏花比赏树说起来顺溜多了，赏花很正常，赏树就觉得稀奇。俗话说闲得看蚂蚁上树，那真是无聊才做的事。可是，很多树都会开花结果实，而很多人眼里也只有花和果实，从来不曾留心过树本身。

环顾四周，像鲍尔吉·原野所言，树的姿态，天然塑造出来的景观果是很美，高低俯仰，疏密错落。即使我所在的地方不过是很一般的郊野公园，没有名贵树，都是很寻常，如垂柳、洋槐、杨树、桐树、松树、木槿树、樱桃树、李子树、桃树等。整个上午，它们在阳光中微笑，在风中飒飒，那是令人眼馋的沉醉世界。

中午的时候，我和孩子去了后街，在固定的水果摊上买了香蕉、苹果，还有桃子。之所以称它为固定的，是因为我来这个地方的时候，这个水果摊就在。那时候我刚从学校毕业，现在我的孩子都四岁多了。我每次去后街买东西都会路过这个水果摊，它就在后街的入口，最边上，挨着水果摊还长着一棵葱茏的老槐树。

守水果摊的是一对善良的朴实的中年夫妇。他们很会做生意。从我第一次在他们那买了水果之后，再路过，他们总是会笑眯眯地和你打招呼。那样的笑，让人不忍拒绝，也不好意思空手而归。他们的家就在水果摊后面的院子里，院子是租来的，他们和我一样也不是本地人。他们一家人似乎都很喜欢那棵老槐树，择菜、吃饭、孩子写作业，老槐树下是喜气洋洋的根据地。

回家后，在厨房里清洗买来的水果，哗哗的清水声中，我的思绪也哗哗响——苹果不是来自苹果树吗？桃子不是来自桃树吗？香蕉不是来自香蕉树吗？我们一年四季吃的水果不是都来自那对夫妇的水果摊吗？他们自身不是果树，却是我们依赖的生活树。

想起去年和水果摊上的大姐聊天的情景，她指着那棵老槐树，用自己的胳膊比画着说，她刚来时，老槐树还是小槐树，只有胳膊那么粗。她二十岁就跟着他的男人来这里卖水果了，如今他们的孩子都读高中了。

在这条老街上，做小生意的基本上都从他乡而来。街里卖菜的、卖馒头面条的、卖大饼的，他们都像水果摊的夫妇一样是从故乡漂过来的一棵小树，然后渐渐扎根在异乡的泥土中，在时光里成了老树，成为街边不可取代的风景。他们虽不是微笑沉默的高士，却是勤勤恳恳、踏踏实实，勇于在最深的烟火中讨生活的人，是不可或缺的。

# 秋天的慈悲

一位老人坐在自家的门前，戴着老花镜，在剪一个“福”字。大红的纸在她苍老厚实的手中翻动，漾着暖暖的喜悦。她的小孙子手里也捧着一个红“福”字，剪好了的。那小孩子胖乎乎的，像只不安分的小鸟蹦来蹦去，叽叽喳喳，很快乐地围绕着祖母。

门前有棵老树，几片叶子从树上飞落，像蝴蝶一样，安静地栖在了老人的脚边。老人默默地起身到屋里拿来了一本书，捡起那几片叶子，小心地，很疼惜地放在了书中，和那些剪好的红红的福字放在了一起。

老人做这些的时候，慈悲温厚、自然安详，像门前的老树、像此时午后秋天的阳光。我刚好路过看到了，内心忽然暖而明亮温软。我向老人递过去一个明净的笑容，老人也回赠我一个笑容，和暖慈善。她的小孙子也咯咯笑起来，我们都笑了。在天地人间渐渐走向寒凉之时，我感恩，能遇上这来自秋天的慈悲。

走过老人家所在的胡同，又穿过一条大街，我到超市为孩子买一盏小台灯。负责家用电器货架的售货员是一个留着沙宣发，高个儿的女子，外表憨厚，亲切热情，周到而有耐心。起初，我只是随意看一下智能电饭煲，并无心要买，她依然很认真地向我介绍。

这女子说话直爽，性格明媚，让人喜欢。忍不住和她多聊了几句才知道，我们是老乡。她的话更多了。她无戒心无城府，我们从要买的东西，聊到季节，皮肤的干燥，我给她讲我平日不化妆，她竟热情地要教我。又聊到老家，老家新置的房子。她的声音大而响亮，很亲切很快乐的样子。她的同事走过来，以为我们是久别重逢的故人。我怕影响她上班，匆匆买了台灯，加了她微信，与她告别。

所有的相遇都是久别重逢，而因为冷漠炎凉，我们又错过了多少温暖欢快的缘分。很多人相遇了，相交相知，不都要有一个热情温暖的开头吗？所谓人间的“缘”，其实是内心的慈悲温软打败了内心冷漠荒寒而完成了一次涅槃。

而后，我去了后街，到一家布艺店做一件床单。布艺店的老板是一位胖乎乎的老裁缝，慈眉善目的，说话轻而缓。我不懂面料，分不出棉质与纤维，他笑盈盈的，拿出打火机，各取一点儿布料，教我区分的方法。

老裁缝手艺好，态度好，老顾客多。开始店里只有我一人，转眼又来了几位顾客，熟识地和老裁缝打招呼，嘘寒问暖。来到店里的，似乎就不陌生了，大家闲聊着，老裁缝忙着，谁都不着急，我们东看看西瞧瞧，氛围和乐又温洽。

都说一场秋雨一场寒。这是我在一场秋雨之后出门半天的所遇。那天的天气明朗干净，我所遇到的没有寒凉，都是一些慈悲温厚明朗的人，一些温暖的场景，令人难以忘怀。

# 诗书年华，风晴日暖

集市，人间烟火气和俗世气最浓郁的场合。柴米油盐，白菜萝卜，锅碗瓢盆……处处是最民间的生活。然，却是最俗的，喧闹熙攘，利来利往。而就是在这样的一个场合，我碰到了一个以诗书自娱，内心里风晴日暖的人。

他是一个摆书摊的。集市是缩小版的民间，无所不有。藏污纳垢，也卧虎藏龙。

我是喜书之人，在那样喧嚷的集市，看到书摊，简直像看到了春天一样，眼前豁亮。忍不住环顾四周，然后视线再转移到书摊上，立时觉得那书摊应了一句诗：万绿丛中一点红。

那天的天气寒凛凛的，清冷无比。而那书摊却是整个集市的春天，顿然让人心暖。书摊的形式简单，两叠砖头撑起，一块木板置上，就成了。书摊后面停着一辆机动车，也物尽其用，成了书摊的一部分。特别的是书摊上的书，没有惯常的烹饪菜谱、职场攻略、人生指南之类的工具书，也没有附带着去卖儿童玩具。书只有两种，一类是文学书籍，一类是研习书法的书。哪怕是在这杂乱的环境里，也遮不住它自成一体的文艺气息。宛若公主王子到了民间，哪怕是落难，也总是会隐隐约约一身贵气。

文学类书，诗词居多，摆在书摊的中间。书摊不卖儿童玩具，但卖孩子的国学启蒙书，在书摊的左面，如《唐诗三百首》《千家诗》《弟子规》《百家姓》等等。关于书法的书，整齐地摆在书摊后面的机动车上，旁边附带着卖毛笔和水写本。

书摊的右面是空着的，那是书摊人的阵地。上面摆放着笔墨纸砚，一本诗词打开着，他谦恭端然地坐在那里，写毛笔字。看看周围的人，捂得严严实实的，手或戴着手套，或揣在兜里，缩着脖子弓着背，视冷如敌。而他呢，就那样坐在冷风里，一笔一画，仿佛世界上的寒冷都不值一提。

这样的书摊，也许因为别具一格，还颇具人气。有围在他身后看写字的，也有真心实意想买几本书看的。而他总是坐着，书本上都一一用红色的标签贴上了价格。顾客若是还价，他总是微抬起头，看着人笑，然后摆手摇头，继续低头写字。若是有孩子来买，他会笑眯眯地点头，便宜一些。

我那天买了很多书，又看上了颜真卿的书法，忽然想练字，请他帮我挑一支毛笔。他迟疑了一会儿才笑着站起来，我才知道他的腿有点儿跛，然而他走起路来却并不给人可怜感，反而自尊，反而潇洒。

我按照毛笔上贴的价格付了钱，没有即刻离开，站在那里看他写字。他的字写得好，像他卖书的风格，温和、潇洒、隽逸。

他总微笑着面对每一个顾客，点头，摇头，摆手，就是从不说话。

若顾客实在弄不清他的意思，他也不急不躁，笑盈盈的，在面前的纸上写下自己的意思。

这以后，我又去了那个集市几次，而他总是在那个固定的地方，守着一摊诗书，笑眯眯地写字卖书。

后来一次，和同事一起去集市，知道了一个同事的亲戚也在这集市上做生意，距书摊不远，于是便向这位亲戚打听书摊人不说话的事。

原来书摊人不是不愿说话，而是不能说话了。

亲戚说："都是命啊，听说几年前，他本来有幸福完满的家，然而突遭灾难，只有他一人幸存。他腿受了伤，其他都没事，后来竟因为伤心过度，失语了。"

没想到这个笑眯眯的书摊人，看似温和平静，而他的身上竟隐藏着人间最悲戚的命运和往事。

亲戚又说："他是整个集市上最有才华的，他还写什么诗歌。大家都想着怎么多挣钱，他却一心在他的诗上，好像要出书了。"

听完，我想起有一个朋友认识出版社的编辑，突然就顾不得冒昧，跑到他的书摊前，向他推荐。

他依旧是那样温和地笑，表达他的谢意。然后从一旁的手提袋里拿出一本书递给我看，又笑着指指他自己，中年的脸上竟现出几分赧意。

那是一本诗集，名字叫《风晴日暖》。

# 暖老温贫

遇到一个小女孩儿，两岁的模样，站在孩子们常玩耍的土堆旁，对着远处一大丛萧条的植物脆嫩嫩地叫着："太太，太太……"那是上午，有阳光，却依然有了季节深处的冷意。一群孩子聚集，热闹闹的土堆空寂寂的，一两根干黄的狗尾巴草在风里摇曳着。

一个老爷子坐在椅子上听戏，他劝小女孩儿，太太一会儿就回来了。小女孩儿不听，往前走几步，张望着叫几声"太太"。我看看小女孩儿，那倔强劲儿可爱又有趣。我已经走过去了，又回头看她，再往前走的时候，眼前陡然一亮——一个老妇人出现了，她苍老的手中捧着一大把暖黄的野菊花。万物凋败时序清冷之下，野菊花散发出暖暖光晕，老妇人吟吟含笑，祥和温厚。

"丫丫，丫丫，太太在这里，太太在这里呢。"老妇人对着小女孩儿大声重复着。此时，我的手中也拿着刚散步时随手摘来的几枝野菊花。她看到我，看到我手中的菊花，我们彼此相视而笑。她似是自言自语，似是对我说："这菊花开得真好！小丫头要花，我给她找着了。"

小女孩儿已欢喜地跑到了老妇人跟前，祖孙俩快乐地相拥着看那捧菊花，叽叽喳喳的。老爷子也不听戏了，站起来也要来看花，并嚷嚷着，别弄坏了花啊，回去插在咱那陶罐里啊。多好看！

我突然有流泪的冲动，为那野菊花的暖，为这老幼相携的温情，为苍茫孤冷尘间里温暖人心的场景。寻常，不矫作，不期然间触动了心扉，使人觉得知足。一朵司空见惯的野菊花亦可暖老温贫。

就是这个词语，暖老温贫。天气一日日冷起来，我总是要想到它，想起一些温暖的场景。天冷，空气也多半不好了，凛冽滞重，或雾或霾。而想起暖老温贫之景象的时候，内心却可以阳光和煦，嘴角微笑，面容嫣然。

寂静清冷的晚上，看汪曾祺的散文，他在《炒米和焦屑》中写道："小时读《板桥家书》：'天寒冰冻时暮，穷亲戚朋友到门，先泡一大碗炒米送手中，佐以酱姜一小碟，最是暖老温贫之具。'觉得很亲切。"这篇文我看过好多回了，每看到此，总要停顿半天，想象那热气盈盈的情景。天寒冰冻，穷亲戚朋友衣衫单薄，身体冰凉凉，手脸冻得发红。刚来到屋里站定，一碗热气腾腾的开水泡炒米立即送到了手上，真是又暖身又暖心。

炒米很寻常，汪曾祺说这东西也说不上好吃，家常预备，不过取其方便。想那贴心的温情，真是令人动容，亦是暖老温贫的缘由吧。

张爱玲的《道路以目》，我也看过好几回了，有几处写得温情脉脉，暖老温贫。那般看似孤高意冷不食人间烟火的人，其实最温情，最知世间暖。

如：小饭铺常常在门口煮南瓜，味道虽不见得好，那热腾腾的瓜气与“照眼明”的红色却予以人一种“暖老温贫”的感觉。又如：寒天清早，人行道上常有人蹲着生小火炉，扇出滚滚的白烟。我喜欢在那个烟里走过。还有：坐在自行车后面的，十有八九是风姿楚楚的年轻女人，再不然就是儿童，可是前天我看见一个绿衣的邮差骑着车，载着一个小老太太，多半是他的母亲吧？此情此景，感人至深。

都是寻常人事，寻常物象，却动人心。人间炎凉吗？情深，万象皆有情。若眼底内心温暖深情，周遭相遇的简单场景，司空见惯，也会觉出暖老温贫来，亦然“此情此景，感人至深”。

# 水果“东施”

后街上有六家水果摊，从左往右数，第三家是水果“东施”的。背阴处一小爿，常年不见阳光。位置不算好，生意却好得很呢。她家的水果，个大，鲜灵，蜜甜。

刚来此地，房东老太就热切地关照我的生活，知道我爱吃水果时，向我讲起了一个人物——水果“东施”。真可谓“你不在江湖，江湖却处处有你的传说”。

真正见到水果“东施”本人的时候，我没有半分惊诧，果然不美，俗气的市贩形象。大红的衣，蓬着头，头发是烫过的，干枯的栗色。麻利瘦巧，圆脸上雀斑点点。水果摊前醒目处，挂着一个硬纸箱做的牌子，歪歪扭扭四个字：东施水果。

水果摊前等着几个人，水果“东施”正麻利地过称。我兀自站在那儿欣赏牌子上的字，嘴角忍不住漾出笑意。难不成真叫东施?

“想笑就笑呗，哈哈……”水果“东施”不知何时站在了我面前，声震寰宇，似如长啸一般，回荡半条街，无论如何与她瘦小柔弱的形象扯不到一块儿。

我又是震惊又是不好意思，急忙去挑水果。苹果红且大，柚子的清香像水果“东施”的笑声一样肆无忌惮，扑面而来。

水果“东施”见我磨蹭，又发话了：“我们家的水果，个个都好。”然后，过称，收钱，爽快利落，不拖泥带水，不拘小节。

这时，一个衣衫破烂、脏兮兮的傻女人路过，水果“东施”迅速地拿起一个苹果，旋风一样跑去塞给傻女人。傻女人嘿嘿笑，她也嘿嘿笑。

一时间我竟想起了水泊梁山的一百零八位英雄好汉，倘若水果“东施”生在那个群雄竞起的年代，她那股豪侠劲也许会成为第一百零九位，也未可知。

回去后，向房东老太说起水果“东施”，我说名不虚传，不好看，不过她可不一般呀。老太摆摆手，笑着说跟好看不好看没关系，随即又讲起水果“东施”。

不承想，水果“东施”还有渊源的。她的嗓门大是出了名的。那一日，水果“东施”同男人闹了一点儿小别扭，哇哇嚷叫，惊动了街上的很多人。她男人倒好脾性，一直好言好语道歉。街上的人看不过去，私下里叫她“河东狮”。她知道后，反而乐了，她说：“东施，好啊。鲁迅先生还写过豆腐西施呢，从今后，我就是水果东施了。”

再去后街的时候，看到了水果“东施”的男人。原以为是一个庸俗猥琐的男人，却不想那男人高大结实，还有几分英武。他们正在卸水果，水果“东施”争抢着和男人一起搬，男人却一把按她在椅子上坐下，自己去搬。英雄的水果“东施”不见了，一下子柔顺起来，坐在那里，踢踏着腿，笑嘻嘻的，一副幸福的小女人模样。

又一日去后街，一向豪爽的水果“东施”竟然安安静静地在做女红，她男人在水果摊前手舞足蹈地忙活着。路过的熟识的人好奇，凑上前去看，水果“东施”正用毛线织棉鞋呢。水果“东施”一改往日的大大咧咧，盈盈一笑说：“公公婆婆年纪大了，怕冷，听说这毛线鞋特别暖和。”

水果“东施”的声音依旧气势恢宏。而看那针和线在她手上飞舞的情景，顿然觉得这个女人可爱万分。

# 童心童趣

孩子的眼里心中，什么都好玩，处处皆有趣味。

就说足下的泥土吧，太寻常了，有什么好玩呢？而在孩子看来，充满乐趣。公园进门口右手边有很大一片土堆，说是建老年公寓的，迟迟不动工，倒成了孩子们的领地。傍晚的时候，彩霞漫天，大人带着孩子来公园遛弯，孩子的心只在那土堆上。有些大人觉得玩土脏，孩子不嫌弃，闹来闹去，孩子得逞了，飞跑过去，那样子真是快乐啊。

我家儿子更是那土堆的常客。每次去都要带上一兜装备，挖土车、铲子、小桶、小螃蟹、小鱼等各种小玩意儿。有一次出去得急，忘记带了，那小子竟捡了一截干树枝，在土堆上玩得不亦乐乎。回去时，还不舍得扔，说那是他的宝贝。

还有一回，我们在路上捡到了一朵塑料质地的粉色小花，他高兴极了。拿回来插在瓶子里，很认真地养着，拿起喷水壶，煞有介事地给小花浇水。早晨起来，首先就是要去照看他的小花。

不只是干树枝，粉色小花，一只小虫子也可以在他的小世界里得到温柔相待。那天我们在公园里的亭子中玩，亭子前面有一块草地，儿子和几个小朋友蹲在那里，静悄悄的。后来我才知道原来是他们在草地里发现了一只白白的胖虫子，怕打扰了它，都不敢说话。中午回家吃饭时，儿子却不肯走，说小虫子会孤单的，要把它带回家。我有点儿觉得可笑也有点儿生气也有点儿感动，告诉他小虫子是不会孤单的，它的伙伴和家都在土里。最后，他和小朋友们一起在草地里又寻到了另一只虫子，给他们担忧的小虫子找到了伙伴，欢呼雀跃起来。

孩子的小世界其实非常阔大，一草一木，一只虫子，一捧泥土，这世间的一切在他们的眼中皆是有情众生。

白发才女张允和在她的书《最后的闺秀》里以近两章的篇幅细细讲述她后半生含饴弄孙的故事。她的孙女庆庆是她一手带大的。她说那是她最大的快乐。庆庆在她身边的七年，几乎是奶奶青春焕发的时代，比和爷爷谈恋爱时还要甜，还要有滋味。

她讲的故事中，我记住的有两个。庆庆有很多洋娃娃，奶奶按照洋娃娃的外貌和特征，一一给她们取了名字。她和庆庆都把这些洋娃娃当朋友，和她们一起玩，一起睡觉，天冷的时候还给她们穿衣服。另一个就是每天晚上奶奶都会给庆庆讲故事，和庆庆一起做游戏，然后祖孙俩捧腹大笑，等笑够了，慢慢就睡着了。

这样的生活很甜，很快乐。有趣，有滋味，有深情。

孩子的心灵稚拙素朴，最是一往情深。孩童的趣味简简单单，最是易得，也难得。

# 墙角迎风的雏菊

那是一所空置的房屋，颓败得不成样子，迎着街道的那面墙上斑驳陆离却有孩子可爱有趣的涂鸦。一只小猪，一个大笑脸，一行歪歪扭扭的字：马小跳，你是个大笨蛋！就在右墙角下，杂乱的荒草间却有一丛雏菊嫣嫣然开到了黯淡的墙壁上。

有风吹过，荒草东倒西斜，雏菊的茎叶竟岿然不动，花瓣紧紧挨着，明黄、雪白、橘红，煞是光辉好看。

去图书馆，我每次都要路过那里。坐在车上，看到那面墙，那丛雏菊花，只是几秒钟的时间，甚至一晃而过，却让人的心莫名地轻松明朗。

一段时间后，墙上的小猪，笑脸，歪扭的字迹，渐渐有些模糊了。还有墙下的荒草也随着季节变老发黄了。可那丛颜色鲜明的雏菊还好好地开着，永不凋零的模样，骨子里显示着菊花科植物傲然凌霜雪的姿势。

有一天，我在那个街道的站台要换车，时间不紧迫，才终于知道墙角那丛雏菊一直在迎风而绽不会凋零的真相。

很简单明朗，它们亦是画在墙角上的一幅涂鸦作品。是那个叫马小跳的孩子画的吗？对，就是他吧，你说我笨，我不去辩驳，我就画一丛不会凋谢的雏菊让时间证明给所有人看。

车来了，打断了我的浮想联翩。我跑过去，跳上车，找到了一个靠窗的位置，又安静下来。望着窗外来来往往风尘仆仆行色匆匆的行人，突然觉得好感动。

他们或南或北，或东或西，都有自己的目标和任务，都在努力地赶奔。我们彼此不相识，我们只有一霎间的缘分，可是，在那一霎间，我们每个人又是如此相像。像马小跳那个有点儿倔强的孩子，亦像墙角迎风而绽的漂亮雏菊。

表象上的不相干却因为活着的那份倔强和生生不息的气质有了同样的底色。人生的真相，说白了，就是一个调皮捣蛋的同行者，难以捉摸，变幻无常，时不时冒个泡给你扔过来一些磕磕绊绊。而我们因拥有活着的自信和倔强的底气，愿与人生周旋到底。或许某一天，我们也成为了别人眼里的马小跳，墙角迎风的一丛雏菊，成为别人心中的坚强，和一抹意味深长的感动。

## 亭前垂柳珍重待春风

午后稍暖，去公园散步。趁万物肃默静寂之时，公园在整修。旧日植物围墙外多了一道墨绿色的铁栅栏。公园内景致虽寥落，却是另一番空旷安然沉稳。

园内路径行人稀少，有三五工人默默忙着手中的活儿。路边草木颜色黯淡，身子苍瘦。可是，我知道这只是表象，草木的骨子里其实藏着一种不屈的坚强。谁也躲不过凄凄冷寒的季节。任凭世界如何苍茫，草木们不悲、不怨、不弃。它们各自珍重着，静心等待春风徐徐来，吹亮面容。

走到小广场那边，蓦然发现小广场被重新修葺了，有点儿小惊喜。这小广场其实特别简单，原本不过是公园管理办公室旁边的一块空地。空地后面是柳树林，右面是桃花林。若只有这些，说真的，小广场景致还真不错。可偏偏桃花林上面有高铁桥，时不时的有火车轰轰而过。话说回来，那倒也可看作小广场一景。

谁也不会在乎这些，来这里的人也没这么讲究。他们是老人、孩子、年轻的妈妈，还有跳舞的一群人。天气好时，老人就自带了小凳子，坐在小广场上晒太阳、打瞌睡、闲聊。小孩子们就在广场上撒欢跑着玩。到了夏夜繁星时，就异常热闹了，一个女子带领着一群年龄不等的女子们，在音乐声里翩翩起舞。

小广场，就这样自发形成了。只是有一点闹心，小广场地势低，一到雨天，就有积水。

如今可好了，公园管理者也把小广场当回事了。小广场的地面垫高了，还铺上了一层水泥。并且配上了一套桌凳。桌面上有棋盘，可以下象棋，楚河汉界分明着。凳子上有凌乱的土，可这不影响它的亲切和欢喜。美好的情景在展现：几位老人坐在一起摆弄棋局，孩子们在光洁的水泥地上打打闹闹。不远处柳枝轻柔，桃花灼灼，一幅安宁和乐的俗世画。那么，季节深处的荒寒寂寞等待是不是就有了意义？

有风吹过脸颊，虽和着阳光，依然有冷意。对面的柳枝干瘦瘦的，在风中微曳，十分泰然的样子，似乎并不惧这冷意。我突然想起《九九消寒图》中的那九个字，说的就是柳：亭前垂柳珍重待春风。

九九消寒，那是古时的习俗，用双钩描红书法“亭前垂柳珍重待春风”。从冬至开始，每天按照笔画顺序填充一个笔画，每过一九填充好一个字，九九之后填完。正好春回大地。

这九个字每一个字都是九划，他们的组合真是又美又巧。意象美，意义也美。汉字里九划的字有不少，古人为何单挑出柳这种植物？单选这几个字组合呢？

我想出一些九画的字，可是组织起来都不如它们美。柳这种很女性、轻柔的植物，它的枝条实则很不容易断，有韧性，可以弯曲。于严寒来说，古人如此写也许自有深意。

我站在小广场上，看着风中的柳枝，亦想起那个在小广场上领舞的女子。她大概就像《九九消寒图》中柳的脾性，柔软有耐性，等待春天的风。

她的人生其实就是一幅《九九消寒图》。她从小就不被父母喜欢。长大嫁人后不久，丈夫在一场事故中走了。她是那么地年轻，人生本可以重新开始。但她有嗷嗷待哺的孩子要养活。她选择了承担生活给她的痛。她的婆家，生活也不好过。娘家的人也不亲她。没有人帮她，她只有自己帮自己。

后来，她带着孩子来到了城里。她没什么文化，只能去超市做一些导购、保洁之类的活计。她已经知足了，因为她的心是明媚的。她从小喜欢跳舞，一直不曾放弃。她利用所有空余的时间去练习。渐渐，越跳越好了，也认识了不少喜欢跳舞的人。他们知道她的处境，有心或无心的，会推荐一些机会给她。

我第一次见她的时候，她已经是舞蹈老师了，在小广场教一群阿姨大妈们跳健康舞。她的孩子比她还高，在一旁给她们放音乐。她一脸的幸福知足，一点儿不显老。

她为了孩子，始终没有再嫁。在她最该痛苦的时候，她说自己没有选择去痛苦，而是欢欢喜喜去跳舞。有很多闲言碎语砸向她，她无动于衷。她说："难道天天愁眉苦脸，哭哭啼啼才对吗？我要好好珍重自己。"

寒意一日一日慢慢消去。垂柳依依，春风笑颜。那是一场美好的等待。

# 风到枕畔来

小菜铺里买菜，几个人在瓜果蔬菜间挑挑拣拣，一脸漠然。坐在门口柜台前等着称重收钱的老板娘突然说了一句：“明天就立秋啦！”

像一枚石子投进了寂静的湖水中，漾起一圈一圈涟漪。小菜铺里的气氛立马就不一样了。大家漠然的面容舒舒展展，和气了很多。

有人说：“那敢情好，要凉快了。”

有人说：“我还要换空调呢，看来不用了，秋天的风比空调强多了。”

有人说：“屋里闷了一夏天，终于秋天了，天高气爽的，出去爬爬山，看看风景。”

你一言，我一语，一点儿隔膜都没有，像老朋友般聊起来。虽不相识，只是在一个屋檐下买菜，却因了一个“秋”字让本来陌生的过客紧紧地靠近了。

每一句敞开心扉的善意的唠叨都像一阵又一阵舒凉的秋风，吹过大家燥热一夏，严守密布的心田。

同楼层的徐大爷家的门，在夏日里总是严严关着。听到屋里有动静，就是不见人。他们年纪大了，作为邻居想去打个招呼，关照一下，一看，门关着，只好退避三舍了。

有一天回来，见他们家门户大开，徐大爷站在门口笑呵呵望着外面，瞅来瞅去。我也跟着他笑呵呵，问："大爷，好久不见，站在门口等谁呢？"

徐阿姨闻声出来了，笑着唠叨："他呀，等秋风呢，老顽固，我让他摘菜不干，就要站在门口。风是长着腿的，只要开门，就来了，还用得着去迎接吗？"

徐大爷哈哈大笑，说："今年夏天热啊，一直开着空调呢，没敢开门。秋天啦，这下可好了，可以吹吹秋风了。"

原来他在瞅秋风呢，有趣的老头，为了秋风吹来，要站在门口迎接。在徐大爷他们家，作为一缕风是幸福的。

与夏天的情形截然不同，徐大爷家的门总是开着。午后常常是这样的光景，徐阿姨坐在客厅里听戏，徐大爷躺在客厅的沙发上睡着了。

我问徐阿姨："门怎么一直开着啊？"

徐阿姨以为她听戏影响了我，忙要去关电视。我告诉她不碍事，没有影响。她才指了指睡得香甜的徐大爷，笑着说："他呀，不准我关门，要风到他的枕上来。"

微风轻轻吹动徐大爷稀疏的白发，我们正好看到了，轻轻地，都笑了。

笔记本上记有松尾芭蕉的俳句：秋至矣，风到枕畔来。

秋天来了，凉凉的秋风拂过肌肤，拂过面颊，拂过心灵，捎来一个又一个好梦。

秋天来了，好风如梦，人该走出狭隘的自我世界，与人世亲近，与自然相逢。

## 与你相遇，好幸运

跑步时遇上一道光。是傍晚，夕阳落辉映照高低错落的植株草地，高大树木遮挡之间，天光时而迷蒙黯淡，时而温煦明亮。转上一条大道，大道远远地一直向西延伸，大道一边是过了开花季节的无名花带，一边是寂静的白杨林。一道柔润的金黄色光束斜卧在白杨树与树的空隙里，像不小心遗落的缎带，就那样安静地等着有缘人来相寻。

太阳半落未落，那柔和的光来自远处天边的阳光。我很快跑过去了，却不由自主又停下来回头看，那道光束竟不见了。

后来，我每天在差不多同样的时间，都会经过白杨林。然而却是再也没有遇到过那束温润柔和的光。

佛曰："前世五百次的回眸，换来今生一次的擦肩而过。前世五百次的擦肩而过，换来今世的一次相遇。"

也许我就是那个金色缎带的有缘人。前世曾那么努力，才能够与它在今世相遇。我如此幸运，恰恰好，在那一时刻，白杨林间的温暖光束住进了我的内心。

原来这世上所有的遇见、收获、所得、温暖、光芒，友谊、亲情、爱情，一切的一切都不是偶然而然的。我愿意以一份感激欣喜的心情去诠释这世间奇妙又深情的相遇。

若以天计，一天中要遇到多少人，多少物事呢？一天中又要与多少人相望无言，匆匆擦肩而过呢？而要知道这些，不是在浪费时光，在某种未知的层面上，那是在为后来铺垫。

所以到某一天，我们才会有那样地幸运啊，与相遇到的，总有一种冥冥之中的熟悉感，或者相见恨晚，或者如逢故旧般亲切，立即令人心生温暖。说不定那就是曾经遇上的温润柔和的“一道光束”，落在了心间，岁月里辗转，却一直留存了很多年。

然后借以这样的铺垫，当空手赤条来到这个世界上的时候，我们从一开始就会被恩慈相待，以世上最坚老的缘分成为亲人。或本不相干的生命个体奇妙相遇、相交、相知、相伴，成为朋友、知己、爱人。

熙来攘往，车水马龙的大街上，人来人去，茫然四顾。那么多的擦肩而过，我们或许会表情孤单沉默，无动于衷。可是，若是在茫茫人海里看到了一个温暖的亲人，一个赏心悦目的良朋，一个亲切温情的爱人，那一刻，他们犹如一道光一样，会在刹那照亮整个世界。

有一首歌名为《遇上你是我的缘》，“缘”之说法又何尝不是一个人的幸运呢？古对联里说，数百年旧家无非积德。好运气和数百年人家的好福气一样，都是慢慢积淀而来的。

平平常常日子里的那些平淡的遇见，哪怕只是转瞬即逝的一道光，一株不起眼的小草，一个擦肩而过的路人……都有着深深的意味和幸运。

# 辑四／尘世芳香

看似不起眼的小事，那小小的善意，却如一缕阳光、一朵花，照亮了凡尘的心。

他们都是这市井尘间最寻常的人，甚至地位卑微，低到最厚朴的泥土里，却从泥土里长出最坚硬的生命，开出最芳香的花，来芳香并温暖凉薄世间。

# 弄花香满衣

那是一个热闹的大市场，两层楼面，一楼主要是鞋和各种生活用品，二楼主要是衣服。周六周日尤为喧嚷，那场面可谓热火朝天。楼前的广场和各条道路的两侧密密麻麻的，摆满了各样商品。而一个城市总要有几个这样的市场点缀着，才接地气，方显得格外可爱有趣味。

她的店铺在二楼，说是店铺，其实不如说摊位更贴切。因为二楼整体都是通着的，具体的位置只能按通道算。可是，若说摊位，它却有一个很好听的店铺名——弄花香满衣。这几个字是绣在十字绣上的，摊位靠着廊柱，十字绣就挂在廊柱上，别致而新颖。

弄花香满衣，不卖花，自然是卖衣服，女装。很多摊位的老板图省事，把衣服都堆在一起。她不，她的摊位上是几排架子，衣服都工工整整地排列着。当然，她卖的衣服算是整个市场里最贵的了，不过她的生意却是最火爆的。

贵，是因为质量可靠，样式也不落俗套。最重要的大概还是她人好，热情，有亲和力，有眼光。她的顾客很多都是回头客，她热情周到地为她们挑选适合她们的款式风格，如姐妹，如朋友，中肯地表达自己心中所想。久而久之，你以诚待人，别人亦会以诚相待。就这样，很多顾客和她虽是利益的冲突者，却成了无话不谈的朋友。

第一次去那个市场逛，就被她的店名吸引了。我那时并不需要买衣服，闲着无事，凑凑热闹而已。正好看到一个女孩儿拿着一款黑色的长毛衣，很好看。我摸了一摸，软软的，一下子就相中了。女孩儿极力向我推荐，开始我以为女孩儿是老板呢。而她瘦瘦的，个不高，戴着一副黑红边的眼镜，站在一旁笑盈盈的，也不怎么说话。

过了一会儿，她从架子上取出一条酒红色的长裙让我试，果然比那款长毛衣更适合我，更显得大气端雅。要包起来的时候，她看到长裙上有几粒纽扣松了，就拿出针线盒，趁着不忙的时候，要帮我重新缝一下，不然回去后还得麻烦。

看她穿针引线的样子，我的心里忽然暖暖的。这个尘间，有谁会这样贴心呢？况且还是对一个不认识的人。大概她从来没有把她的顾客当作顾客吧。

我和她聊起来，我们竟然同龄，相逢何必曾相识，一见如故！她是陕北人，延安的，说话不快，带着浓浓的陕北口音，亲切醇厚。

问起她的店铺名，她笑，然后告诉我虽然她是做生意的，也喜欢看书，最喜古诗词，有一句“掬水月在手，弄花香满衣”，她一直以为说的是一个人活着的境界，清澈、芳香。生意人虽利益攸关，到底不能丢失了做人的本分。

说完，她竟然有些不好意思了，把人生的境界口头表达出来，听起来的确有几分做作。

她赶快抬起头看廊柱上的十字绣，脸颊红红的，笑着说那是一个妹妹因常买她的衣服，就绣了她最喜欢的字送给她。

回去后，我加了她的微信。她也在做微商，店铺名也叫“弄花香满衣”。她不只发一些衣服的图片，也发一些她生活的点滴和片段，还有一些小感悟。

想不到的是看似柔弱的她，其实是个女汉子，她已经是两个小女孩儿的妈妈了，且在这个远离故土和亲人的城市里独自扶养着两个孩子。乍一听来，一定觉得她的日子苦兮兮的，过得一踏糊涂。

其实不然，她们的生活很芳香。她每隔一段时间就会带着孩子们去玩，去游泳馆，去电影院，去博物馆，去植物园……而她自己，也不失生活的情调，偶尔也给自己放个假，去茶楼喝喝茶，去图书馆看看书。

有一天晚上，突然收到了她发来的微信，说明天是世界快乐日，一定要快快乐乐的。想想，哪有什么世界快乐日，大概又是她杜撰的，她总是有这样的小心思，让平淡枯燥的生活变得温暖可亲。

想起她的店铺名，想起她最喜欢的诗句“掬水月在手，弄花香满衣”，想起她说过的境界，她果真如此这样活着——清澈，芳香。

而在这个尘世间，总有这样一些从生命里散发芳香的人来温暖着心灵。如此，我们才不觉得荒寒无依。如此，我们才能沾染一身芳香，美好地香香地等着明天的太阳升起。

# 万物有情

巷口的裁缝店里，老裁缝坐在白色的缝纫机前缝制衣物。缝纫机哒哒响，银亮的尖细缝衣针随着缝纫机的转动迅速往前跑。老裁缝手按着布料，和缝纫机配合得完美无隙。老裁缝不急不缓，神态安然，一边忙他手中的活，一边和顾客闲聊家常。

我们几个顾客看那针尖在布料上唰唰飞过，暗暗心惊，不禁议论起来，这可不是一日之功就熟练的吧，慢一点儿，或稍微一分神，那针尖就会跑到了手上。

老裁缝哈哈笑，他已经完成了手中的活，又是个健谈的人，索性向我们讲起了他年轻时做学徒的事儿。

他说那时候啊，可没少受罪。年轻没做过事，笨手笨脚的，和这家伙也不熟悉，它老是给你难堪。针跑到手上去，那是常事，不稀罕。有好几次，针从大拇指甲穿过，穿透了手指。

我们打断他的话，迫不及待地问："一定很疼吧？"

老裁缝诡异地一笑，说："你们猜？"

拔掉，消消毒，简单包一下，收拾收拾，继续干活。也没当回事儿，自己就好了。倒是啊，钉过几回，长进了不少呢。哈哈……

老裁缝说起往事，虽是云淡风轻的样子，却让人觉得情意绵厚。他大笑的时候舒朗而可爱，眼角鬓发里都藏着深情。对，他口中的"这家伙"就是他的老搭档缝纫机。他不说老搭档，他称它为老伙伴。

我们几个顾客有的已经拿到了自己要买的东西，也没有急着要走，而是和这健朗的老裁缝快乐地聊天。他亲切幽默达观，和他说话，令人内心充满温暖。

直到快吃中午饭了，老裁缝也完成了他上午的活计，我们也该离开了。老裁缝站起来起身相送，刚走出几步又折回到了缝纫机旁，拍了几下他的老伙伴，对我们说："你们放心，我这老伙伴早已对我日久生情，不会再伤害我了。我就是偶尔大意，它也会针下留情，不往我手上跑的。"

针下留情。过了很久，我一直记着这四个字。我的外祖母也曾说过类似的话，她讲的是刀下留情。那刀是菜刀。生活中的必备，每个家庭中的妇人为一家老小做吃食都得仰仗它。

我十几岁时学做饭，切萝卜条。手切破了，也没有切出像外祖母和母亲切的那样又细又规整的萝卜条。我十分懊恼。外祖母就安慰我，没事儿，不着急啊，慢慢学，练得多了，那刀就懂得你的手劲了，就会配合你。它对你有了感情，就不会切你手了。

其实这就是我们了然于心的熟能生巧。我们做一件事，使用一个物件，熟识了，习惯了，做得多了，自然就会了，熟了，巧了，游刃有余了。这巧该是情，那有余也该是情。这情是我们与物件之间的相处与默契。

万物有情。

一根坚硬的针，一把锋利的刀，看似凶险的物件尚且留情，更何况一株芳香的植物，一只可爱的小动物，一颗柔软的人心呢？世界之大，无奇不有。人间万象，无情不在。

# 有一种萝卜叫心里美

汪曾祺先生在一篇文章里说，江青一辈子只说过一句正确的话：“小萝卜去皮，真是煞风景！”而我所知道的一种萝卜，去掉皮后，绝对惊艳，不但不煞风景，还独成为一道绝妙的风景。诚如平凡的外表下，拥有着如金似玉般贵气美好的内在。

第一次见它，是在去年的深秋。那天傍晚，我从市场买菜回来，路过巷口时看到一群人围在一辆大篷车前，好奇心作祟，便凑上前去。原来是卖萝卜的，堆了一车。只是这萝卜好奇怪，圆墩墩的，蔓菁一样，还沾着褐色的泥土，一段青一段白，脏兮兮的，没有长条白萝卜的洁净。

卖萝卜的是一对中年夫妻，和萝卜一样不修边幅，散发着泥土的气息，头发凌乱，衣服皱皱巴巴。男人阔壮黧黑，木讷老实，勾着头一袋袋地过称。女人细瘦伶俐，笑盈盈地收钱找钱。两人配合默契。有眼尖心细的顾客挑剔，他们也不作辩解，一味嘿嘿傻笑。

一位阿姨颇富经验地告诉我："别看这萝卜看着不怎么样，好吃得很呢。"我手里已经提满了菜，也没看上这萝卜的邋里邋遢的粗笨。但忍不住好奇，拣了几个。

回去后，洗净去皮，竟露出了紫红的内里，大红大紫，隐藏在素朴的表象下。太美了，我手中的刀迟迟不忍落下。找来一个白瓷盘，把它放进去，细细欣赏。曾经我很喜欢丁立梅的《萝卜花》，被雕刻成月季模样的萝卜，大概是胡萝卜吧。那样鲜亮的橘红，单看一眼，便已喜欢上了三分。不过也仅限如此，美丽展现美丽，太应当了。而这种紫红心的萝卜不一样，如果用它雕成木槿花，那该是一种绝妙的艺术品，对它生出十分爱。

我不是雕刻家，只好把它融进烟火里，化身为盘中菜。简简单单切丝清炒，味道空前绝后，胜过以往种种吃过的萝卜。

然而就在我为邂逅这样美的萝卜欣喜时，却发现钱包不见了。左思右想，记起了在我付萝卜的钱时，手机响了，提的东西又多，慌乱之间，把钱包落在了萝卜车上。我看看表，已是晚上十点了，不知何时下起了雨。这钱包不会有找到的希望了，好在没有什么重要的东西，但心里仍然怅怅的不是滋味。

第二天早上，去市场买早点，经过巷口时，意外地看到卖萝卜的男人正站在那儿东瞅西望，手里赫然拿着我的棕白相间格子钱包。冷风拍打着他的衣服，裤腿上、右边的衣上尽是泥巴，一旁停着破旧的摩托车，也是沾满泥水。不知道他从多远的家里赶来，路面湿滑，也许摔倒过。我心里一下子湿湿的，涌满感动。

他看到我，似乎长舒了一口气，把钱包递给我，讷讷地说："昨天你只顾走，我们喊你半天，你也不回头。当时又忙，没去追你，想着你一会儿肯定要回来找，可直等到天黑落雨了，你还没来。早上天不亮，我媳妇就把我叫醒来等了。”说完搔了搔头，孩子一样可爱。我们都笑了。

我心里着实过意不去，非要拉他去吃饭，他坚决不肯。掏出钱给他，他竟然急得脸红了，骑上车风一样远去了。

后来，我知道了这种萝卜原来有一个非常好听的名字——心里美。

# 指甲花开

去市场的那条巷子里，一个墙角边贸然多出了一棵绿色小植物，细细瘦瘦的模样。看上去，不过是普通的狗尾巴草，也就没放在心上。

过了几天，经过时，无意中的一瞥，吃了一惊。像一个面黄肌瘦的人突然间变得白白胖胖，让人十分讶异。不由得蹲下去细看，叶子不再是细细尖尖，黄绿羸弱，而是成了椭圆形，颜色也变成了蓬勃的碧绿。干瘪的茎也有了水分。原来它竟是一株指甲花！

我为这小小的发现而得意。很久没看到这种花了，它是生长在童年里的。然而，它怎么会来到这里呢？难道是一阵风吹，飘落至此？我用手轻轻拨弄着它，浮想联翩。

突然，一个小女孩儿跑过来，怒气冲冲地说："别碰它，它是我的！"说着还推了我一下，并张开双臂去护着那株指甲花。

我笑着站起来，打量这个女孩儿。七八岁的样子，扎着马尾辫，粉色的旧衣裤，洗得已经有点儿发了白。

“桃红，不许没礼貌。”这时，一个六十多岁的老人已经走了过来，训斥着小女孩儿。他也是衣衫破旧，花白的头发。一手拎着小女孩儿的书包，一手拿着一把青菜。

他歉意地向我笑笑，解释说：“前几天，我们发现了它，眼看就要干死了。我带着桃红每天都来给它浇水，现在终于又活过来了。”

小女孩儿见我不是抢她的花，已没了敌意。仰着稚嫩的小脸天真地向我说：“阿姨，你不知道吧，爷爷告诉我，它和我一样，也叫桃红呢。”然后，蹦蹦跳跳向巷子的尽头走去。

不多久，我就听巷子的人讲起了他们的故事。

七八年前，老人的妻子去世了，他悲痛欲绝，去山里散心。回来的路上，在一片指甲花里发现了襁褓里啼哭的婴儿，红红的指甲花落在她的脸上，特别可爱。老人抱起她，四处张望，也不见人影。他从下午一直等到后半夜，也没有人来寻。他不忍心弃之不顾，就把她抱了回来。指甲花在他的老家叫桃红，因此，他就给她取了这么个俗气又喜庆的名字。

老人没有儿女，他和小桃红一直相依为命，生活得也很快乐。如今，小桃红上小学了。光靠微薄的退休金，爷孙俩生活得有些艰难。为了可以让小桃红生活得好一点儿，他就去小桃红的学校做了清洁工。

后来我回了老家，再去那个巷子的时候，已经是几个月之后了。现在是指甲花开的季节，不知道它还在不在呢？

离很远，我就看见了那耀眼的大红。它还好好的，开了花。在它的周围，他们还细心地围了绿色的网。炫丽的点点红，衬得暗淡的巷子也明亮起来。

小女孩儿穿着红色的裙子，正在指甲花的旁边吹彩色的泡泡。她仰着头，噘着小嘴，“噗”的一下，五彩的泡泡在她的上空飘。小女孩儿看起来宛若一株指甲花，好看极了。

她看到我，显得很开心，立即跑过来拉着我看她的指甲花，又伸出手让我看，骄傲地说：“爷爷给我染的，你看，桃红开到了我指甲上啦。”

我拉着她的小手，语无伦次地赞美着。她旋即挣脱了我的手，灵巧地当空飞舞着手指，又欢快地吹起了泡泡。其实，我还想告诉她，她指甲上的桃红开到了我的心田里，美美的，暖暖的。那是一种生命与生命之间相惜的大美。

# 光阴不锈，车票情长

少年时光，都爱缠着父母讲故事。听父亲讲故事，是从一张车票开始的，这一听便是很多年。即使长大后，早已过了听故事的年龄，父亲依旧像多年前那样，坐在客厅里，郑重地讲那张遥远的车票，目光里漾满温暖，情深悠悠。

第一次见到父亲故事中的车票，是在八岁那年。父母那天不在家，我乱翻东西时，在父母住的那间屋子的柜顶上找到了一个精美的盒子，我心下欢喜，偷偷地放在了书包里打算作文具盒用。没想到晚上父亲回来辅导我作业时发现了那个盒子，一向温和的父亲立时变了脸，“啪”一个耳光打在了我的脸上。父亲紧张地拿起盒子，打开，又掀开里面的一层绒布，神色突然又缓和了下来。

父亲从那层绒布下拿出了一张小纸片，对我说：“孩子，你看，爸爸总给你讲的车票故事就是这张车票啊！它本来是属于那个爷爷的，却赠给了我。这份恩情咱们要记住！”父亲的声音出奇地温和，又情深意切地讲起车票的事。

那张车票父亲已经珍藏了六年了。那时候我两岁，而父亲在我出生不久便去武汉投奔一个亲戚谋生了。年关将近，父亲思念妻女心切，亲戚便为父亲购置了回故乡的火车票。父亲欢欢喜喜地携着这一年多来对家的渴盼和在外的辛苦钱登上了回家的火车。

父亲在火车站下了火车后，到家还需要坐三个小时的汽车。然而在父亲到汽车站要买票的时候，才发现钱不见了，父亲突然想起刚下火车时有个冒冒失失的男人撞了他一下，也许在那时钱被窃走了。父亲顿时心急如焚，痛苦万分。眼看着天色一点点暗下去，匆匆的人群，尽是陌生的脸庞。身无分文的父亲站在汽车站里冷冷的风中，孤凄无助。

这时，他的惆怅不安竟被一位花白头发的老人看在了眼里。他笑眯眯地走过来，亲切地问起父亲的情况。父亲望着身边这个一脸慈祥的老人，像遇到了久违的亲人，就把自己的困顿无助告诉了他。

老人一边拍拍父亲的肩膀安慰父亲没有过不去的坎，一边望向就要关闭的售票窗口，脸上也显出了忧愁的神色。老人说他可以为父亲买一张票，可是只剩了最后一班车，票已售完了。

就在父亲再一次陷入无助的时候，老人突然从兜里摸出自己的车票塞在了父亲手里。父亲一看，正是回县城的车票。原来老人和他要坐的是同一趟车。

父亲虽急需这一张回家的车票，但他不能要这个老人的，又塞回了老人的手里。老人有些急了，对父亲说：“年轻人，我就是本地的，女儿嫁到了你们县城，家里就剩下我一个人，我是要去女儿家过年，晚去一天也不碍事。”

车已经启动了，老人不容分说把父亲推上了车，车票塞到了父亲兜里。

父亲趴在车窗上，大声向老人致谢，问老人家的地址。老人没回答，一直笑着向父亲挥手。而父亲永远记住了他那张慈爱祥宁的脸，镌刻在了心里。

父亲拿着老人的车票平安到家，已是晚上九点多了，纷纷扬扬下起了大雪。第二天就是大年二十九了，雪下了一夜，还在下，父亲心里记挂着老人，想他这天定要坐车来县城女儿家的，便去车站等他。谁知等到下午还不见一辆车，一打听才知道车辆因为雪天路滑停了。

那个年，父亲虽然和家人团聚了，心里却一直不安。他承受了老人的恩情，而老人却只能孤单清冷地一个人过年。后来的几年，每到年关，父亲都要到车站去，希望能碰上老人，可惜，不曾如愿。

光阴流转，几十年过去了，那张老车票也泛起了岁月久长的痕迹，它依然被父亲小心翼翼装在那个有绒布的精致盒子里，珍爱如宝。那份恩情没有随光阴变换锈在心底，而是像明珠一样光亮如初。

# 一枕落花香

见到女孩儿的时候，是在那个暮春的傍晚。微风轻轻吹拂着园子。霞光柔美，落花缤纷。园子里又寂静又热闹。

寂静的是园里的植物们，花草树木，不言不语，安分守己，立于自己的位置上，寂静安然着，默然欢喜着。热闹的也是它们，这些花草树木，看上去静悄悄的，却蕴藏着强大的生命力，不断在变化着。

不久前的姹紫嫣红，树树繁花，转眼飘零，缤缤纷纷，一场又一场花瓣雨。地上，红的、粉的、白的、蓝的、黄的花瓣叠加着铺了一层，那么美，让你不忍踏上去。“落红不是无情物，化作春泥更护花。”花树们果真如此，这些落花，落是落了，而花树却没有衰败之感。那棵最早开花，最先凋零的花树，不知觉间，青绿的叶片，已是蓊郁一树了，更觉其生机勃发，汪着一腔的生命力。

这时，就在我在这些落花间跳来跳去，浮想联翩的时候，看到了她——一个十多岁的小女孩儿。她齐耳短发，穿着普通的牛仔裤，一件翠绿色的夹克外套，手里提着粉色的布袋，也在落花间跳来跳去，一会儿蹲下来捡拾落花，放在布袋里，一会儿又站起来仰着脸看飘舞的花瓣，一会儿又伸出小手来接那些花。她似乎也是怕踩疼了花瓣们，总是踮起脚尖，飞来跳去。女孩儿在我的前面，恍惚中，竟觉得她像极了一朵特别的花，一只绿色的蝴蝶，快乐地飞舞在这傍晚的花儿纷飞的春园里。

女孩儿在我的前面，起先大概没有看到我，依旧天真烂漫地在落花间玩耍嬉戏，捡落花。蓦地一转身，突然见到我在看她，竟有几分吃惊和羞涩。她正在接花瓣的手停在半空中，愣愣地看着我。我赶紧向她递过去一个温柔善意的微笑，并解释真的是很抱歉，无意中打扰了她。女孩儿立刻也笑了，露出齐垛垛的洁白的牙齿，甜甜地叫了一声“阿姨”。

我很小心地跳过去，看女孩儿的粉色的布袋里已装了很多花瓣，然后就和她聊起来。

女孩儿见我对她收集的花瓣感兴趣，一下子话多起来。她很神秘地告诉我，这是她要送给妈妈的生日礼物。

她的妈妈是一名工人，在工厂里上班，每天都很忙，早上天不亮就走了，晚上天黑了才到家。她的妈妈很喜欢花花草草，可是哪有时间养呢。上班已经累了一天了，回来了还要操心家里的事，没有时间，也没有精力。这个春天，她妈妈的心愿，就是想看看盛开的花，闻闻花的气息。可是，直到花都要凋落了，她还是没有机会来看花。

有一回，女孩儿见花开得好，偷偷地从园子里折了一枝，想回家送给妈妈。不承想，她小心翼翼捧着那枝花，等到很晚，妈妈回来了，看到花，不仅不高兴，还把她训了一顿。妈妈说她，把花折下来，花会疼的。

后来，她终于想了一个好方法。花自然飘落的，就不疼了。她想着把落花收集起来，给妈妈做一个落花枕头，这样妈妈枕着花儿睡觉，就可以时时闻到花儿的香了，就可以做一个好梦，带着花香的甜甜的梦。

飞舞的花瓣间，女孩儿无限神往地向我讲着她的落花枕，我的心里一点一点涌满了感动，一点又一点又溢出来，化作飞舞的花瓣，飘飞在这傍晚的园子里。为这个天真无邪、懂事的女孩儿，为她勤劳辛苦的妈妈，为这个世界上那些平凡的生命。生存是那么艰难的一件事，忙忙碌碌，为活着，为责任而奔波，哪怕看一场花的空闲都没有，却可以因为那一枕落花香而美丽无比、丰美无比、壮大无比。我为女孩儿的母亲感到幸福，她虽然错过了盛开的花事，她却拥有生命深处最好闻的花香。

# 集　　市

我喜欢集市。热闹中见朴素，喧嚷中有性情，来来往往，一言一语都透着一股子亲切劲。

是的，就是这样的亲切，让人晕晕乎乎，宛若他乡遇故知。又似穿越老光阴，回到往日情景，把他乡认故乡。而故乡关山万里又何妨，蓝天之下的亲切里可以让你以为你从一开始就属于这里。没有远离，没有孤独。

清晨，我刚打开门，房东阿姨清亮的声音就飞过来：有集，赶集去吗？我知道有集，每天都算着的，即使没什么可买，也想着去逛逛。而每次去总是会满载而归，见什么都觉得好。我更知道她是和我说话的，虽然未看见她的人。北京的老太太，生在皇城根下，天然的优势、骄傲，却热诚，像多年的老邻居。

我急急地响亮地欢快地答：“去呢！去呢！”

仿佛回到多年前，左邻右舍的村人互相邀约着去赶集。那是九十年代，乡村生活是素朴的，却单调平淡。而集市会聚了四面八方的人，信息和各样物品，每个赶集的日子就像开在人们心田上的一朵朵花，又鲜艳、又热闹、又欢悦。必穿上好看的衣裳，人人脸上荡漾着笑容。

这都是少时的光景了，像一颗璀璨的珍珠镶嵌在人生的底色上，明亮着那一段老岁月。

几年后去外面读书，一心只想着要见识外面的海阔天空，赶集的事自然是寥落了。而殊不知镇上的集市也在悄悄改变着。逢年过节回去，镇上街道的两旁以往摆着各样摊子的地方，超市比赛似的立了起来，赶集是随时的，不用再掐着、算着、盼着，便利了很多。唯一的遗憾是失却了昔日集市的味道和趣味，还有那种亲切的感觉。

后来毕业工作，结婚成家，及至成为一个家庭主妇后，也都是在超市和菜市场之间转悠。那种原汁原味的集市搁浅在了回忆里，想起时总令人怀念万分。

我如今居住的地方，算是城郊了。不过北京的城郊依然也是钢筋水泥，没有郊区的意思。没想到却在这里碰到了原古的集市。原来北京城的大是有几分深度的，有容乃大，容得下岁月深处的那些古意悠悠。

集市在一个大广场上，我以前上班时总是要路过那里。那时候还只是一片空地，长着杂树荒草。后来被修建成了整洁的广场，现在竟又被合理利用了，成了热闹的集市。

集市不是每天都有的，遵循着古老的传统，每个月逢四或九的时候才会有集，风雨无阻。完全是过去集市的样子——亲切、朴素、热闹、喧嚷、喜悦。洋溢着浓浓的烟火气。

一个又一个摊位密密地排列着，衣食住行，所需要的各项生活用品都融会在其中。大家热热闹闹，熙熙攘攘的，行走在其中，偶一抬头，看眼前的情景，一个成语就蹦了出来——热火朝天。

这些来赶集做买卖的摊主们，尤其是卖菜的，多是郊区的农民。虽然也有生意人的精明，但身上散发的气质更多的是庄稼人的憨厚和朴实。菜是自家地里种的，看上去有几分土气，却是素素朴朴的模样，让人觉得舒服。

和笑盈盈的摊主们聊天是自然而然的事，并不相识，却觉得像认识了很多年。每次去集市，买菜的时候居多，总喜欢和他们聊天。话题也是极简单的，不过是几句家常话，却让人感到愉快和轻松。

令人意外的是有一次集市上，我竟然碰到了洋姜。那是幼时常吃的一种食物，自留地里种着的，很惯常普通。长大了之后却再也没吃过，这种食物仿佛消失了一样，村子里的人家也不再种植。

卖洋姜的是一个憨厚的大嫂，黑黑的，脸颊泛着红。我激动地向她说起我对洋姜的感情，她嘿嘿笑了，然后竟说了一句十分贴切的话。她说："真好，你找到了小时候的味道啊。"

嗯，对，我们的人生忙来忙去，多是在寻找一种熟悉的味道吧。那敢情好！

# 尘世芳香

清晨，送孩子上学，太阳已在东方的天际，散发着金黄色的温暖。天清气朗，又是一个明澈晴和的好日子。然而，分明又有些不同，细嗅来，清澈爽朗的气息里竟然有一股若隐若现的淡淡的芳香，好闻极了。

越走越近，芳香的气息也越清晰。穿过小巷，来到那条热闹的老街上，赫然看到了香气的源头——一辆三轮车上正盛开着姹紫嫣红的春天。卖花人是一位五十多岁的阿姨，笑盈盈地一会儿看看过往的路人，一会儿又瞅瞅她的花。

这位阿姨我知道，喜欢了一辈子花，她的花都是自己养的。心情爽朗时，就拉一些出来，说是卖，也是怕在家里闷得慌。她已经退休了，种种花，做些自己喜欢的事。她说她年轻时最大梦想就是开一家花店。

她还说，赠人玫瑰，手留余香。想必她来时一定从小巷里走过，小巷才弥漫着淡淡的香味吧。

去年，我从她那儿买了风信子。她非常热情细致，很认真地教我养花的方法。在她的指导下，一向不善侍弄花草的我，竟也把风信子养得花开灿然，为寥落的冬日增添了不少趣味。

回来时，又经过老街，她三轮车上姹紫嫣红的春天已分散在路人的怀抱里。她呢，已经骑上三轮车慢悠悠地在阳光和人群里乍隐乍现，留下一街的淡淡芳香。

老街依然热闹，充满着最真纯的人间气息。卖菜的铺子、卖粮油的铺子、卖鸡鸭鱼肉的铺子、卖馒头大饼的铺子、卖早点的铺子、卖水果的铺子……一家一家，鳞次栉比。行走在这样烟火气浓郁的略显杂乱的街上，从来不觉得厌烦，一次一次的，都会令人动容、喜悦，和深爱。

街西有一家卖包子的早点铺，是一对年轻的夫妻开的。他们十分讲究，又十分有心。总是穿得干干净净的，简单的铺子也打理得洁净。包子多是素馅的，可口味淡，配上他们自制的养生粥，还有桌上自制的小菜。这样的一顿早餐又实惠又健康。

最值得说说的就是那小菜了，一般早点都备的是小咸菜。可是小夫妻俩却认为咸菜多吃不宜，便不顾麻烦每天早起半个小时为顾客准备可口的小菜，像白菜心、萝卜、芹菜……小菜是不收钱的，有些顾客过意不去，硬要给。后来，小夫妻俩就用这些钱买了一些小花，放在铺子里，清新明媚得很。坐在那里，静静地吃一个包子，喝一碗粥，宛若在自家一般舒畅。

街中的水果铺，是一位爱笑爱说话的大姐守着。每次路过那里，离好远，她热情的笑容就已经递过来了，她也总是先开口打招呼。起初，我以为她这么热心，大概是招揽生意，每次都会买一些。后来才知道是误解了她，那次她问我："你上午刚买了，怎么还买呀？别买那么多，水果就得新鲜着吃。"

简单的话语，却让人心里暖融融、喜晏晏的。她的嗓门极大，大声地笑，大声地说话，非常乐观。每次去老街，见到她，总让人感到一种生活的喜悦劲，势不可挡。

总是推着炉子，在街上卖烤红薯的是一位满面尘灰烟火色的大叔，不爱说话。他的红薯却是最好吃的，又软又甜，小孩子都喜欢。可是小孩子着急吃，他怕烫着孩子，就放弃了便宜的塑料袋，而花很高的价钱买厚厚的纸袋给孩子们装红薯。

还有一位清扫街道的大娘，心眼极好。如果她正清扫路面时，而你恰好要过去，她会笑眯眯地停下来，等你走过去一段，灰尘打扰不到你，再开始她的工作。这看似不起眼的小事，这小小的善意，却如一缕阳光，一朵花，照亮了凡尘的心。

他们都是这市井尘间最寻常的人，甚至地位卑微，低到最厚朴的泥土里，却从泥土里长出最坚硬的生命，开出最芳香的花，带来芳香并温暖凉薄世间。

# 旧物情怀

一

巷口的裁缝店里，店主低着头做活，我和她正有一搭没一搭地聊着天。一个银发的老人突然站在了门口，手里托着一件破旧的衣服。

店主急忙站起来招呼。老人笑着说：“想给手上的衣服换条拉链。”同时颤着手抖开了衣服——一件灰蓝色的旧运动衣，泛着白，袖口有缝补过的痕迹。老人接着又补充了一句：“换条最好的。”

店主端详了一会儿，对老人说：“得三十块钱，老先生，还不如买一件新的呢。”

老人一听，有些急了，连连摆手，摸索着就去兜里掏钱。我打量着他，衣着干净考究，对一件旧衣如此宝贝，着实让人好奇。就向他说：

“老先生，钱虽不多，但是为这一件旧衣服，我也觉得不值，有点儿冤。”

老人哈哈大笑，一连说了好几遍值了值了。这时店主已找来一把凳子，老人坐下后，意味深长地讲起了这件旧衣的事。

貌似不起眼的衣服，它却历经了二十五年的岁月。那是他的孩子挣得了第一份工资后，给他买的第一件衣服。他穿着，别提有多开心，多幸福，晚上睡觉时甚至都不舍得脱下来。他的孩子很孝顺，每年都会给他买衣服，可是从来没有第一件衣服给他那样强烈的感动。他每年都穿，每次穿上都仿佛回到了当年。

老人说完，望着店主面前的那件旧运动衣，眼里无限温柔。

我豁然省悟，有些物件根本不能用金钱来考量，不能问值与不值。老人的旧衣服，又何止是一件旧衣，它连通了一个父亲和孩子的心，它给了老人做父亲的骄傲，承载着深沉的父子情。这份恋恋旧物的情怀，它价值连城，它无法计算。

## 二

大概每个人都有一两件宝贝似的旧物，它们携带着时光的味道，陪着你走了一程又一程。

我也有一件这样的物件，它微小，不好看，却忠心耿耿地跟随了我十五年，不离不弃，并将一直走下去。它是一枚钥匙扣，样式特别简单，有一处亮漆剥落，还生了锈。

那时候还青春年少，正读中学，住校，一个宿舍八个姐妹。但一个宿舍只给配了一把钥匙，光秃秃的钥匙在大家手里流转着，短短的时间内，丢了好几次。我们便聚在一起想办法，后来大家一直推举谨慎细心的我来掌握大权，保管钥匙。

我觉得这责任实在重大，不敢怠慢。于是，宿舍里的姐妹便陪我去市中心的市场，很郑重地为钥匙选了一枚钥匙扣。十五年前的东西实在简朴，那时已经是很好看的了。我整天把它带在身上，美美的。

时光倏忽而过，转眼大家就毕业了，各奔前程，打工的打工，升学的升学。几年的时间，一直是我为大家开门锁门，从未出过差错。分别时，钥匙扣就留给了我作为纪念。

十五年，说长不长，说短也不短。人生中最重要的几件事，上大学、工作、结婚、生子，它一路见证着。在它的上面，悬挂过很多把钥匙，给我开启了一扇又一扇温暖的门。

每当失意或遇到困境时，我总爱把玩钥匙扣，过一会儿，心情就会有些许好转。因为每次我总会想起当年大家含泪话别时的情景。她们对我说，人生的路风风雨雨，但愿这钥匙扣能温暖你。

一别多年，为生活奔忙，鲜有见面的机会，但那份情谊镌刻进了钥匙扣里，想起来恰如春风拂面，细雨润心田。

旧物和人一样，最远的你是最近的爱，不知不觉早已暗生情愫。

# 俗世中的小欢喜

烟火生活，钢筋水泥，菜市场几乎是每天必去的。每去也必要经过一条巷子，巷子宽敞，有人家在门口靠墙摆了一长排蔬菜来卖。守在门口卖菜的是一位中年女人，高而黑且胖而壮，谈不上有女子的美，可她的笑却十分美好，如佛前的莲花。

起先我们并不相熟，每每都是漠然而过。那次带着孩子，见门前的西红柿颜色诱人，孩子欢喜地拣了几个。付钱时零钱差了两角，整钱女人又说找不开，摆摆手说算了。我心里记着了，说下次给她带来。第二天去的时候，翻翻家里的零钱罐，就顺带着给她带过去了。她大概没想到我会把这样的小事当真，有几分动容，朝我笑，露出的牙齿极其洁白。

而后她记住了人来人往中的我，我路过，她看到了，必会招呼，递上莲花般的笑容。我顿时心里溢满了喜悦，如逢人间四月天的明媚温暖。有人慨叹世间凉薄，人情漠然，而我却用一份简单的诚意换来了一泓清澈暖心的欢喜。俗世生活的好就在这小小的欢喜里一路绵延着。

附近的野生公园也是我常常爱去的地方。“清水出芙蓉，天然去雕饰。”野生公园的美好就在于天然，毫无雕琢之感，任其自由生长。进门两排古旧的柳树，风姿绰约。靠右排的柳树后面是一片丁香，丁香的后面是杂草地，想不到的是芜乱的荒草丛中竟长出一株好看的花树，粉红色的花瓣，密密地簇着，像桃花那样明媚灿烂。

发现它的时候是在春天挖一种叫蒲公英的野菜，那时桃花开得正好，又和桃花很像，以为是野桃树。春天走了，夏天的一切都是茂盛葱茏的，柳树和丁香织成了厚厚的绿墙，遮住了花树的光芒。我也几乎把它遗忘在春天里。

当秋意来临，树叶草茎枯黄凋落，我和孩子转到丁香后面的杂草地捉蚂蚱玩，又遇上了那株花树。它依旧静默地一树明媚地开着。这实在让人欣喜和感动。自然的世界就是这样温暖和周到，时时不忘送给你无名的小欢喜。

我一向爱静不爱动，那天傍晚被先生蛊惑着陪他去打乒乓球。先生是乒乓球的爱好者，认识他十几年，我几乎不曾认真看过他打球，也不曾摸过球拍。那是我第一次打球，先生教得耐心仔细，我学起来也轻松快乐，笑声不断在两端传递。我们说好了，学会了做球友，每天打球。这样的事虽然平常，可也莫名地让人内心欢喜。

打完球，夜幕已经降临，我们并未着急回去，先生骑着电动车载着我和孩子在街上转着玩。霓虹灯闪烁，三五人群，穿着拖鞋闲散地走着。我一抬头，望见一轮明月正当好，挂在天空慈眉善目地俯望众生。清风阵阵拂来，令人十分惬意。这是打球之外收获的意想不到的小小欢喜。

前几天在网上看到一段话，内心里极其认同：小花小草，小风物小人情，经历着是一种慈悲。煨一锅排骨汤，做一件新衣，看一场风动桂花香，满心满眼里的都是小欢喜。生活是一朵清淡的花，自足，方可悠久。

这让我想起野生公园里荒草中的无名花树，在那无人注视的地方，它依然保持着自足安恬的本分，所以花开不败。我愿意做一株这样的花树，随时捡起俗世生活中赐予的小欢小喜，变成枝上不败的花蕊。

# 勤 娘 子

后街新开了一间早点铺。店主是一位三十多岁的女人，细白柔弱，脑后利落地绾着髻。常穿平底绣花鞋子，浅色的罩衣下能隐隐约约看到秋香色的裙子。一眼就知道，她不邋遢，干净，爱美。

铺子极小，统共摆了六张桌子，倒也整洁清爽，没有一般小店那种油腻腻的味道。奇怪的是每张桌子上都放着一小盆牵牛花，盆是普通的塑料盆，里面放上土，再插上一根棍子，牵牛花就绕着棍子奋力地向上长。翠绿的叶子蓬蓬勃勃，莹蓝的、淡紫的、浅粉的、乳白的喇叭状的小花点缀其中，满屋子都生了辉。她一个人在这些花间跳来跳去，似乎不像是在艰难地忙着讨生活，而是在快乐地跳舞。

她只卖四样东西：包子，茶叶蛋，粥，现磨豆浆。包子是素的，皮薄，陷多，个大，一元一个。豆浆，粥，一元一杯。极便宜的。早上起来，上学的，上班的，不想做早餐的，一个包子，一杯豆浆，一个鸡蛋一杯粥。实惠又健康。也有人特意绕很远的路过来，想尝尝包子，坐在牵牛花下慢慢地喝一碗粥。

渐渐的来的人越来越多，她一个人实在忙不过来了。她想了一办法：每一蒸笼上贴一个纸条，写上馅的名称，这样，客人自己就能拿。粥也是，自己盛。在她那儿吃饭，自由、亲切、随意。就像在自己家，母亲做好了饭，等你懒洋洋地起来去吃。

我是总爱去的，就冲着那星星点点的牵牛花。我喜欢在夏日明晃晃的阳光下，静静地坐下来有一口没一口地喝粥，看看那本应生长在旷野里的牵牛花，在这狭小的空间绽放。看看她，这个柔弱，一举一动流露出优雅的女人在最俗的烟火里舞蹈。

后来，我去得多了，慢慢地熟悉了，她终于才肯把她的故事讲给我听。

她是郊外乡下的，有一儿一女，丈夫在城里上班，她在家照看孩子，日子平静。可是，谁承想，丈夫生了外心，有了新欢，另起了炉灶。然而看着像麦苗一样正在往上蹿的孩子，她咬咬牙，没了他，这日子一样要过！她找出自己积攒多年的钱，盘下了这店，做起了早点生意。

我好奇："你怎么会有这样的想法呢？把花种到了饭桌上？"她笑："我以前在家常这样呀！我喜欢牵牛花，每到夏季，都会种一院子，家里盆盆罐罐也种上。有时候放在桌上，吃饭时看着，心情好。而且，牵牛花醒得早，我现在要早起做包子，熬粥，有它陪着，不孤单。"没想到柔柔弱弱的她面对不幸，是那么地坚强！困境之下还保有一颗如此浪漫的心！

在网上查了一些关于牵牛花的资料，原来看上去茎细花薄的它竟是一种性格强健的植物。的确，夏日里满山遍野，牵牛花似乎总也开不尽。

它还有一个很好听的名字：勤娘子。

# 辑五/捡拾光阴

时间知觉，我们丰满着记忆，自觉不觉地也在寻找着记忆的光芒。活在当下，不仅是一种积极的姿态，也是播撒时光珠玉的过程。然后我们在一个适当的时刻，一一把它捡拾起来，串成我们或平铺直叙或光润璀璨的一生。

我们拾起的是一段段老光阴，然后把它们打磨加工，成为生命的另一种养料。

# 从　　前

所有的故事都是基于它——从前，才开始的吧。

从前有座山，山里有座庙，庙里有个老和尚和小和尚。老和尚对小和尚说：从前有座山，山里有座庙，庙里有个老和尚和小和尚……

张口是它，闭口是它。从前就像这个故事，自然、顺遂。它是一个甜蜜的诱惑。

晚饭后散步，抬头望天，黑糊糊一片，唯有路灯混沌的光。漫天的繁星，皎洁的月亮，那是从前的事了。少年时光，月为纸，星作笔，点点滴滴，深深浅浅，勾画出一幅又一幅醉人的画。

那是信息尚不发达的八九十年代的乡村，电视稀少，更别说电脑手机之类。孩子的乐土便是那夜幕低垂后的村庄。星子作陪，玩捉迷藏，一群小孩神秘地东躲西藏；玩老鼠打十二洞，小手扯上，围成大圈，叽叽喳喳；玩蚂蚁定，小伙伴们一人抱着一棵树，一本正经；玩追月亮，最有意思，月走人走，月停人停。直到后半夜，大人们拖着大嗓音喊：谁谁回家了！大家才无奈地散去。

少时的岁月就像那悲凉的壮士，一去不复返，成了从前。

一次，在公园看一帮孩子骑着单车从我身旁呼啸而过，竟看得痴呆。我也曾有过那样的青春年少呀！一群人骑着车，田野里撒欢；一群人骑着车去县里听戏，浩浩荡荡。……在从前，只是在从前。如今忙着挤公交车，忙着生活，谁还有闲暇骑着单车闲逛呢？

收拾房间，无意中翻到了学生时期的信件，满满的一大盒。这些浸染着人的体温和气味的信，多少年了，再读，仍觉得亲切赤诚。遥想当年，写信，等信，是多郑重而美好的事。要用那种黑蓝的墨水，选精美的信笺。每次路过校门口的传达室，不自觉地探过头去瞅两眼，若是看到了自己的名字，一颗心激动得都要跳出来。这也是属于过去式了。现在谁还会这么傻呢？互联网上，敲几下键盘，点一下鼠标，千山万水，重重关隘，立即搞定。

无事时翻看朋友们的照片，一张张熟悉又陌生的脸。曾经是那么要好，一起吃饭、一起上课、一起逛街、一起笑、一起哭，到后来却渐行渐远。走走丢丢，定格在记忆里，他们也和光阴里的故事一样成了我的从前。

朱光潜说，从前，这两个字可以立即把我们带到诗和传奇的童话世界。好美！可是我觉得提起从前，除了有童话的美之外，还有浅浅的忧伤，淡淡的失落。就像吃一块精美的巧克力糖块，享受甜香的同时，还有一缕缕苦涩在唇齿间缭绕。

此刻，也将成为过往，成为从前。

# 单车岁月

于单车，我是由恨生爱的。

九十年代中期，单车是当时小门小户农人的主要交通工具。那个时候的我，十岁左右的光景，读小学三年级。一次抽考，班里选出二十名学生要去距离十多里的雷塔小学考试。我一向成绩优异，当然是在选之列。然而，这么远，怎么去呢？最后，学校要求每个学生骑着单车来校集合，由老师带队前去。大家一听，都乐翻天了，叽叽喳喳，像一群要出笼的鸟儿。我却慌了神，心里小世界乱翻腾，我不会骑单车呀！

第二天，我揣着小心事在去学校的田间陌头磨蹭着，直到快迟到了才挪到学校。老师问我怎么回事，我支支吾吾也不好意思说不会骑车，胡乱找了个借口搪塞。没办法，我坐上了老师的车子。单车队伍出发了，大家显得特别兴奋，几个小男生还在炫耀自己的车技。只有我在黯然神伤，心情坏透了，眼泪在打转，又怕后面的同学看见，用力扭着身子往前。

少年时的心，有多自尊就有多易伤。之后，我决定学骑车。

星期天，我不再在家里写字，央父亲推上他的大单车到村东的田间路上教我。看着别的孩子骑着车飞一样从我的身边闪过，我羡慕极了。可我推起车子来摇摇晃晃，心里怯得慌。父亲说，骑车就是很简单的事，熟能生巧。然而我练了几星期之后，仍学不会。要命的是好像一时之间全村的人都知道了我在学车，碰上了总要热情地问：还没学会呢？我当时却认为这是一件极其丢人的事，无论如何再也不肯去练习了。

自此之后，单车于我，是一道想要结痂的伤口，不可碰触，一碰触就是钻心的疼。

好多人都认为我是一个笨女孩儿，十来岁了，单车不会骑。以至于我自己也默认了这个事实，一向文静的我更不爱说话了，自卑得每天只顾低头走路。转眼间，小学毕业了，笨鸟先飞，升学考试时我考了第一，被乡里最好的中学录取。读中学，仍然是吃住在家，可是家距学校有二里的路程，每天来回六趟，跑着去不太现实。父亲知道我的心结，和我商量说，打算送给我一辆新单车，跟以前的大单车不一样，好骑。也许是“笨鸟先飞”那点优越感还在，我竟欣然答应了。父亲在下午果然推回了一辆崭新的小单车，湖蓝色，小巧别致。我以为父亲会立刻带我出去学，没承想直等到天暮低垂，他和母亲才悄悄地带我出门。趁着夏夜的月色，我大胆地放开去练习。暑假未过完，我已经可以熟练地骑着单车上街了。几年丢失的自信终于又在脚踏起单车踏板的那一刻找回。

小单车陪我度过了人生中最快乐的时光，像忠心的朋友，四季更迭，寒来暑往，不离不弃。一趟又一趟，一程又一程，倘若叠加起来，也有几千里的情意罢。可惜几年后去市里住读后，再也不能日日与它为伍。唯有放假在家的几天，与它日日相守，以慰想念之苦。将走时，我一定要把它放在太阳下擦洗干净，然后再搬到我睡的房间里，并一遍遍叮咛母亲“时时勤拂拭，莫使惹尘埃”。我这样虔诚珍爱，以致让很多人不解。我也不愿多说什么，懂的人自懂。

一晃这么多年过去了，已告别校园，去了所谓的大城市，也因此与单车愈行愈远。

去年偶得闲暇回去看望父母，见小镇上各种车辆名目繁多，独独不见单车。这些车确实方便了人们的出行，但在速度不成问题的当下，我们却急躁易怒。哎！不由得叹一声单车时代所营造的宁静与平缓。又见我的蓝色单车，母亲保存得很好，干净明亮。不过毕竟在岁月里一点点沉淀过，它破了、旧了，甚至有点儿寒酸，然而它却承载了一个少年过往的泪和笑。

下班路过公园，常看到一群十几岁的少年骑着单车玩耍，晚风拂过，留下一捧又一捧笑声，多么美的时光，我也曾经有过呀！少年时的单车，不仅仅是一辆单车，它是岁月明珠，越擦越亮，照亮前方未知的路。它亦是一种提醒，提醒着生命中的宁静和美好。

# 菊花院落

那个开满菊花的院落，曾经给过我无限温情。曾经让我很骄傲。

菊花院落是五爷爷家的。五爷爷不是爷爷的亲弟弟，还隔着一层血脉。但五爷爷对我们一家非常好，如同自己的孩子一样，多年后想起依然心生感动。

五爷爷并不是排行老五，他没有兄弟姐妹。他小名五儿，晚辈的人喜欢喊他五叔或五爷爷。这并没有不尊的意味，反而很多人很敬他。五爷爷一肚子笔墨，是我们那里泥土里滚爬的庄稼人中唯一端公家饭碗的人。

母亲告诉我，从我摇摇晃晃能走路直到上学，这一段时光，多是在五爷爷家度过的。那时候，我们家光景惨淡，母亲常常忙着干活，顾不上我。五爷爷路过，见我满身脏兮兮的，心疼地把我抱回去，五奶奶忙活着给我洗脸，拿好吃的东西。小孩子都是鬼精的，从此我便常常一个人跑去五爷爷家。时间久了，母亲过意不去，五爷爷说：“菊丫头来了，我和你五婶都高兴，院落里也不冷清了。”母亲没再说什么。五爷爷两个女儿，都远嫁他方。

慢慢懂事之后，我没有那么嘴馋了，开始关注五爷爷家那一大院子的菊花。萧条的秋日，那菊花实在怒放得明烈。五爷爷五奶奶都喜欢菊花。五爷爷常在菊花旁支起画架，鼻梁上架着老式大眼镜，涂涂抹抹，一会儿院子里的菊花就开到五爷爷的画里了。五奶奶则一身鲜亮的衣，对着菊花，翘起兰花指，咿咿呀呀唱起老戏。我呢，像只快乐的小蝴蝶，一会儿飞到五爷爷身边，一会儿飞到五奶奶身边，一会儿又飞到菊花丛中。

有时候，五爷爷会泡上一盏茶，茶是菊花茶，是自家院落里的菊花。五爷爷笑眯眯地看着菊花在沸水里舒舒展展。然后把我叫到他身边来，边喝茶边教我背诗。当我摇头晃脑站在菊花前背“采菊东篱下，悠然见南山”的时候，正在摘菊花的五奶奶笑了，把刚摘下的一朵菊花簪在了我的马尾辫上。我跳着跑走了，向伙伴们炫耀去。整个村里，只有五爷爷家有这种好看的花。

转眼，我就上了小学。上学之后，有了更多伙伴，我总是会向他们大肆描述五爷爷家的菊花多么好看。他们很羡慕我有一个五爷爷，都想看一看五爷爷院落里的菊花。一个春日的午后，我把他们带到了五爷爷家的院落里。母亲知道后，骂我了一顿，说我不懂事。五爷爷却一点儿也不恼，还热情地招待了我的伙伴们。可惜是春天，菊花不开，院落里青青的一大片。五爷爷拿出了他的菊花画，给我们一群孩子看。临走时，又送给每人一捧菊花秧。不过，孩子们似乎没耐心，没等到秋天花开，已经弃之不顾了。而五爷爷院落里的菊花依然开得明艳。

记忆深刻的是有一年欠收，过年时，外面雪花纷飞，我们一家人只能围坐在一起吃着母亲包的素馅饺子。这时，五爷爷披着一身雪花推开了我家的门，手里拎着一条肉。父亲接过来递给母亲，他们的眼里闪着泪花。五奶奶已经病了两年，家里的钱早花光了。五爷爷却笑着说："院子里的干菊花，放着也是放着，换了点肉，给孩子们包饺子吃吧。"

不久后，五奶奶去了。五爷爷一下子变了很多，清瘦得如冬日里的一根竹子。几乎不说一句话，坐在盛开的菊花中，一坐就是一下午。母亲常打发我给五爷爷送饭，而多数送去的饭都不曾动过。

过了一年，五爷爷也去了，院子里更冷清寂寥了。来年秋天，院子里的菊花还是一如从前一样开了，只是稀稀疏疏的寥落。

多年后，漂泊异乡的我回到故乡，立刻跑去总是出现在梦里，总让我惦记的菊花院落。好远就看到那斑驳的墙，褪色的木门，杂草蹿出围墙外。我，转过身，泪如雨下，不忍看那荒芜的情形。

# 少　年　雪

少时的风，撩开苍灰的天空，眸子里千树万树的梨花便开了，天空明净起来，四围世界明朗起来。洁白的云上端立着一群白色羽衣的仙子，巧笑嫣然，一捧捧往人间播撒着洁白的花朵。那是名叫雪的花朵，那是少年的雪啊！它像少年人一样，像少年的想象一样，天马行空，放肆任性。

雪是冬日的灵魂，少时的冬天才真正算得上冬天。仙子们倾撒下三天三夜的雪花，雪花层层堆叠，封住了门槛，却封不住少年灵动的心思。高大的父亲，哈着热气，摩拳擦掌，笑眯眯地拿着铁锹铲雪，清扫院子，一扬一落间，我小小的心也跟着一起一伏，雪花会疼吗？

院子外，伙伴们已在叽叽喳喳，声音清脆得像三月的鸟鸣。有伙伴开始扯着嗓子，唱戏一样的，喊我出来玩。母亲说天冷，不许我去，依旧不动声色地忙她手中的活。我在屋里有点儿待不住了，毛躁得像个小蚂蚁，哪里会觉得冷？雪花疼不疼的事，也不管了。趁母亲去里屋拿东西的时候，我“嗖”一下跑出去，父亲看到我，悄声说：“去吧，去吧。”母亲出来不见我，又气又笑，我听见父亲劝：“孩子不怕冷，冻冻结实，正贪玩，让她去玩会吧。”母亲没有喊我回去，我便更加心安理得了。

白茫茫的乡村寂寂的欢腾，三奶奶家的小花狗也出来赏雪呢，蹄步落处，听得见簌簌的雪响。好玩的是村庄东边的树林，每棵树上都开满了雪花。我们这一群欢腾的少年，笑声、歌声，响彻云天，枝上的雪花惊得摇摇落落。年少的心热诚诚的，一点儿不畏冷，手套不戴了，夹在低矮的树枝间。挽胳膊撸袖，抓起一把白莹莹的雪，先尝了一口，甜沁沁的凉，咯咯笑起来。这白灿灿的雪是天地的笑容吧，我们为这新奇的发现窃喜不已。抓起一捧笑容，又抓起一捧笑容，紧紧地把它们团在一起，似乎天地间的笑容都在自己手里了。我们把这些笑容在茫茫林间堆起了一个洁白美丽的雪人，对它笑，对它做各种有趣的表情。

小凤笑嘻嘻地从衣兜里拿出一张大红纸，宝贵得谁都不让碰。小心翼翼地蹲在雪人前，隆重地给雪人染红了嘴唇。我们屏气凝神，望着她，她得意地向我们炫耀：“这是我哥哥结婚时，偷偷藏下了一小块。藏了一年，就是要给雪人涂口红，让它更美丽。”我们都哈哈大笑，等了一年，我们都在等这天地的笑容，等笑容里的狂欢。

雪天唯一不好的就是去学校。学校在村庄外不远，可是却有一道陡坡，是通往学校的必经之处。灵巧利落胆大的孩子，猛一跑就冲上去了。而我慢，又磨蹭，胆子也小，脚下总是打滑，滑来滑去，要摔几次才能爬上去，好在穿得厚，也无关系。这坡陡路滑的难处，却并未降低对雪的渴盼。像少年人的成长，像竹子拔节，拔节的疼痛在拔节的惊喜面前微不足道。

成长后，拔节的疼痛消散了，拔节的惊喜也跟着消失了。气候回暖，即使盼了一年，到了冬天，天地间的笑容总是那么羞涩，别别扭扭，挤出几丝欢颜，节制得很。有的年份甚至一冬无雪，灰突突的世界，没有一丝笑颜。天地，雪，是否和人一样，也分年少和年长？少年时，像雪花一样，总不吝啬自己的笑容，满世界地绽放，那么放诞，那么任性，那么纯粹。及至成年，快乐和笑脸，宛如暖气候下的雪花，那么节制，那么难得。即便偶尔笑，那笑也内容丰富。

# 时光深处的手帕

八九十年代以前出生的孩子，谁会对一块手帕陌生呢？它是母亲温柔的手，是小伙伴明媚灿烂的笑脸，是少年时的一段情结，是情窦初开时的一朵纯美的花蕾。它护卫、陪伴，并见证着我们点点滴滴的成长。

那个时候的小孩，很幸福的，天广地阔，院落里、树林里、田野里，到处撒欢着疯玩。可是孩子爱脏，爱流鼻涕，爱流口水。母亲忙，不能时时跟着照管。她拉过我们，一一在衣襟上给我们缀上一个小小的手帕，然后轻轻地抚摸着我们的头，告诉我们："有鼻涕的时候，不能用手背抹，要讲究卫生，用手帕擦。"小手帕是母亲自己做的，好看小巧，缀在胸前，随着跑动而飘来荡去，宛若一个小旗子，一朵小花儿。我们乐极了，跑得更起劲了。

手帕对于我们的另一个好处就是做游戏的道具。名字就叫丢手帕。月光皎洁的晚上，伙伴们扯着嗓子，你喊我，我喊你，在三奶奶门前的一大片空地上聚集。大家围坐在月光下，围成一个圆圈。谁来得晚，谁就拿出一个手帕，在大家身后边唱丢手帕歌谣，边跑着边悄悄地把手帕丢在小伙伴的身后。被丢了手帕的小伙伴要迅速发现自己身后的手帕，然后迅速起身追逐丢手帕的人，丢手帕的伙伴沿着圆圈奔跑，跑到被丢手帕伙伴的位置时坐下。被抓或未及时发现，都是要被罚的，唱歌或者跳舞。

而我反应慢，总是被罚的那个。被罚了也不沮丧，笑嘻嘻的，站在小伙伴中间和他们讨价还价："不会唱歌不会跳舞怎么办，背诗行吗？"父亲刚教了我一首新诗，正好可以炫耀一番。诗背完，小伙伴们的手掌鼓得啪啪响，都笑了。月光的银辉如水一样泻在一张张稚嫩单纯的小脸上，好美，好美。

渐渐，就不那么疯玩了，有了羞怯之心、爱美之心。小手帕叠得整整齐齐的，放在兜里。然而，我的小姑姑，邻家的姐姐，却把它们扎在了头上。她们都有一头如瀑似缎的长发。小手帕被施了魔法一样，在黑发上蝴蝶一样飞舞。我摸摸自己的短发，好羡慕她们啊。

我每天都会照镜子，勤洗头发，用梳子梳来梳去。听说这样头发会长得快。炎热的夏季里，母亲拉着我再剪头发时，我硬是捂着头逃开了。又过了一年，我的头发依旧没有姑姑姐姐的长，还好，总可以扎起来了。我拿出藏了很久的最喜欢的粉色的手帕，几分羞涩几分兴奋几分忐忑地系在发上。母亲看到了，笑着赞好看，又自言自语地说："小妮子长大了，有自己的小心思了。"

少女的情怀就那样在一块小手帕里，在时光里逶迤着。

十四岁的那年，我迷恋着琼瑶的《窗外》，迷恋席慕容的诗词，还有一份朦朦胧胧的情愫在心里暗生。他是年轻的几何老师，俊逸、温和。一次，在街上看到一块雪白的丝质手帕，心生喜欢，就拿出早饭的钱买了下来。年少的心真是诗意浪漫，我竟然很仔细地把那句喜欢的诗——如何让你遇见我，在我最美丽的时刻——一针一线地绣在了雪白的手帕上。然后，扎在头上，故意落在了几何老师的眼前。

晚自习时，他把我叫出去，以一种很婉转的方式还给我了，没有伤害一个女孩儿的自尊。他给我的还有一封真诚的信，一叠学习资料。因了这份暗慕，我开始很自觉地学习，以往成绩中等的我，一步步变得优秀。这样的结局该是最好的吧。而那绣着我少女心事的丝质手帕像一朵清新饱满的花蕾，芬芳了我最美的年纪。

时光越走越远，岁月渐走渐深。手帕像那些古老的事物一样，渐渐淡出了我们的生活。取而代之的是简单方便省事的纸巾，湿纸巾。这也是好的。可是，那些与手帕相伴纠缠的时光，那些快乐，那些美好的情怀，伴着成长不知觉地已镌刻进生命里。一块手帕，不过是鸿毛之轻，它的意义却是泰山之重。

# 捡拾光阴

读书时老师们最爱用来教诲的莫过于孔子的“温故而知新”。年少时的心似一个透明的水珠，映照的都是新奇好玩的事物，一味地往前看，从不曾停下来。而这经典的教诲带给学生时期的最大收益便是考试前头悬梁锥刺骨地复习学过的知识。新不新不重要，重要的是把考试蒙混过关。

人真是奇怪的高级动物，渐渐，越长大，新奇的心却越来越淡。喜欢往回看，喜欢老事物。怀旧是一抹绚烂的云霞，灿绽在黄昏的天边，无限美好，无比温暖。

记得姥姥活着的时候，常常喜欢静静地坐在黄昏的院落里，夕阳在西边的房檐下，若隐若现。姥姥的手里有时做着活儿，剥一颗蒜，拣一把黄豆，或摇着把蒲扇，或把头顶的蓝粗布头巾取下来放在腿上，摩挲着轻轻展平。而伴随这些的，总少不了喃喃的自语。我有时坐在她旁边，她就会自然地讲起已经过去了很久的往事，哪怕是她小时候的事，也讲得清清楚楚。都说老人健忘，健忘的只是眼前，那些旧时光都是刻在他们骨子里的。

我的祖母也是这样，快九十岁了，看到我们回去看她，高兴得孩子一般，拉着我们不舍得放手，说个不停。说的什么呢？前三皇后五帝听得我们晕晕乎乎的，也都是些过往的老岁月，也是她长长的一生留下的印迹。最遗憾的就是祖父去世得早，若是听祖父说说我们波澜壮阔的家族史，是不是也可以为时光留下一些见证？

他们都是平凡的人，只能把一生的故事说给自己听或者子孙后代听。而那些有名望的人多半喜欢写回忆录，留给更多的人观看，甚至给人以启示。这算是很完满的了，给一生挽了一个漂亮的结。

虽然我们还没有年老到用回忆填满寂寥的生活，可是不得不承认，自然或不自然的流露，已经表达着我们开始念旧了。

也许不知道从哪一天开始，你已经在有意无意间，追寻着当年的味道。总爱穿过长长的街道，过两个路口也不嫌麻烦，只为吃到一份香滑的土豆粉。你也许会在觉得很累的时候请假散心，散心的地点却是回到多年前生活的小镇，走走曾经走过的路，看看曾经陪伴过自己的风景。

写字的人最开始都爱写童年无忧无虑的时光，即使童年里的一个小玩具，一个玩过的小游戏，也能让我们感喟良久。尤其是青春里那些浩荡无畏的时光和辗转百折的故事被写成了一部又部书，被拍成了一部又一部电影或偶像剧，我们不厌其烦，追了一部又一部，只因那里多少有一两个熟悉的影子和情景，在心底有了共鸣。

时间知觉，我们丰满着记忆，自觉不觉地也在寻找着记忆的光芒。活在当下，不仅是一种积极的姿态，也是播撒时光珠玉的过程。然后我们在一个适当的时刻，一一把它捡拾起来，串成我们或平铺直叙或光润璀璨的一生。

法国画家米勒有一幅著名的油画叫《拾穗者》，那是三个穿着粗布衣衫的农妇弯下腰，拾起遗落的麦穗。她们躬下身的姿势是那么地谦卑和忠诚，朴实的画面却让人感到不同寻常的庄严。那大概是对粮食的虔诚和敬重，她们把麦穗碾出麦子，把麦子磨成面粉，再做成营养生命的面包。这泥土一样的质朴值得庄严以对。

我们的一生也像这幅油画一样，农妇拾起的是麦穗，我们拾起的是一段段老光阴，然后把它们打磨加工，成为生命的另一种养料。

# 旧时童年

记得在一本书上看过三毛形容《雨季不再来》的句子：也就如一块衣料一样，它可能用旧了，会有陈旧的风华，而它的质地，却仍是当初纺织机上织出来的经纬。

我以为我的童年也是这样的一块衣料，陈旧的、素淡的，甚至被岁月磨洗得发白模糊。有了时光的风华而衣料的质地仍是当初的经纬。陈旧了才懂得，童年的心真是纯，真是暖。

时光倏忽而逝，童年的衣料被我折折叠叠收在柜子的深处。整理衣柜或偶有闲暇翻腾旧岁月，或者静下来喝一杯清茶的时候，那些旧时光像被一根有魔力的线牵引着，一幅一幅荡过来。都是清朴的淡淡的黑白场景，连不成片，一个镜头一个镜头地独立着，没有时间没有说明没有故事也没有意义。然而那是独属于自己的童年记忆，淡淡的光影、淡淡的心情里藏着陈旧的童真和趣味。

忘记了几岁了，也忘记了为什么要去镇上，恰好在镇上碰见了大姨，她带着几个月大的表妹。大姨拉着我们进了照相馆，要我们一起照相。那时候，照相很稀罕，也很郑重。我却急得哭起来，大姨笑我：“数你最大，你还哭啊？”我忸怩半天，才说出心事：“没有戴那个好看的发卡啊，怎么办？发卡是邻家女孩儿的，她借给我戴两天，我怕弄坏了，没舍得戴出来。”

大姨说等我，我竟然一口气跑了二里路，回家取了发卡，又跑回来照相，不觉得累，非常地喜悦和兴奋。照相的时候我还捧了很大的一捧花，还有那个好看的黑色发卡在我的刘海上面很嫣然。这张照片过了很多年一直保存着，是我童年里唯一留下的。后来我怕它丢失，用手机照下来保存着。

那时我的家在长长的胡同里，胡同里有很多人家，有很多孩子。他们都比我大一些。有一个邻家姐姐很有人缘，小孩子都爱去她家玩。我也想去，可是又没有好的理由找人家玩啊。那些大的孩子很不情愿和小的玩。

黄昏时，我站在我家大门口望向她家的热闹和笑声，真是好难过。也许是太向往了，我想到了一个好主意，其实是一个谎言。我告诉那个姐姐说，我舅舅在大城市工作，回来时会给我带一种很有趣的球，拍一下，能蹦到树一样高。到时我送她一个。邻家姐姐听了笑，很高兴，也相信我。其实我舅舅是去山里少林寺习武去了，根本不会给我带有趣的球。

我心里忐忑，邻家姐姐好像早已忘了，从来不曾提过球的事。她比我大六岁，很懂事了。大概她知道我是说谎的，却不点破，还热情地邀我一起玩。这位善良的姐姐我离开故乡就没见过她了。

我小时候真的很爱美，长大了心反而淡了。有一天，我推开家门，看见堂屋方桌上放着一瓶红色的指甲油，简直要乐坏了。我攒了很久的梦想，得以成真了。那是我让姑姑帮我买的。我姑姑比我大十二岁，正是爱打扮的青春年龄，我总爱跟着她。很快姑姑来我家了，我从门后书包里拿出我攒的钱，一共七毛，拿给她。那是我们早已说好的。可是姑姑说什么都不肯要。后来，我姑姑还给我用钩针钩过一个黄色的头花，可以把头发盘起来戴上，夏天很凉快很漂亮。这让我得意了很久。

我母亲曾经把我们小时候穿过的旧毛衣毛裤整理出来，学着邻居的样子，把那些陈年的旧衣物拆洗干净，网成被心，做成被子。盖的时候真是很轻，很暖。这些用弃置不用的旧绒线缝制的被子让我想起童年。很多年过去，旧时的童年依旧用它不变的经纬来温暖身体，慰藉尘心。

# 深情毕业照

南北朝时的江淹有《别赋》曰："黯然销魂者，唯别而已矣！"人世之初，波澜不惊、平淡如水的日子中，最初的离别都在一张毕业照上吧。相处了几年，光阴如流水，朝夕相闻，却要离开一个地方，一群人。虽然前面的路是新而阔亮的，而那样的离别也真是令人黯然神伤的事。

我们那一代人没有读过幼儿园，不过算起来，小学、初中、高中、大学，也黯然神伤过几次别离。旧年相册随光阴磨损浮沉，而里面倒始终细致稳妥地保存着这几个阶段的毕业照。徐志摩《再别康桥》中说："悄悄是别离的笙箫。夏虫也为我沉默，沉默是今晚的康桥！"那毕业照上的光影和流年如诗歌，如笙箫、如康桥，在岁月中总是静默如初。"挥一挥衣袖，不带走一片云彩"，却在内心里植下了一株怀念过往的青青草木。

流过去的时光有快乐笑声也有伤悲泪水，可分别时想起的总是那些如铃铛清脆的笑和乐。别离之际，从而分外留恋不舍。要照毕业照了，大家的心里慌慌然，照相师傅在前面盎然地指挥着，要我们跟着说“茄子”。我们一群人只好也嘻嘻哈哈起来，故意培养一种轻松快乐的气氛，在定格为历史纪念的那一刹那，留下永久的笑着的面容。那时的心情却是一手执矛，一手执盾，十分复杂。

即使在少时懵懂，盼望长大的年纪里，面对毕业之际的毕业照，心情亦是顿然的别离感伤。少时在乡村小学读书，风气淳朴而单调庸淡，一心要快快长大，到镇上的中学去。每每看到要毕业的学生兴致冲冲地照毕业照，羡慕之情总让我的脚步眼神分外留恋。然切实到自己和相处几年的同学一起站在镜头前的时候，那份喜悦竟是淡然得很。

及至到了青春年少的叛逆时期，在中学里总爱彰显自己的特立独行。不喜参加集体活动，爱坐在后排窗边的角落里徜徉于小说里的世界。而到了照毕业照的时候，却异常地积极，生怕被落下似的。可是真正站在镜头前的时候，又后悔了——若不照毕业照，我们是不是一直可以争抢着看一本小说，气氛热烈地讨论一道习题？是不是一直可以在教学楼后面的那条林荫道上疯跑傻笑呢？然而天下有不变的四季吗？有不散的宴席吗？

大学时的毕业照是读书生涯中最后一次。那时，班里的很多同学都到外地实习了，可是大家在照相的那天都如约而赶回来。那样的相聚真是美好的尾声了。我那时不太喜欢自己的专业，希望尽早出得校门去，却是最早赶回去的。因为一朝别离，他日就是真正的南北天涯客了。早已晓得人世的一些道理，哪怕是平日里想离开的地方，离开的人，到离开的时候却没有离开的痛快，而是不舍得。你和他们日日相守，朝朝相看，你不知道你已付出深情。

渐渐，毕业照上的容颜和背景在岁月的深处辗转，而成为思念明净如琉璃，韶华青春的源头活水。

经年之后，于落雨的闲淡下午，几上茶烟袅袅，翻看泛黄的老相册，把当年的那些毕业照按时间一一摆在桌上。一个人的成长都在这些老照片里了。望向一张熟识的脸，就会晕开一个或几个年少时的故事来。那些毕业照是一眼又一眼深情纯净的水，照见过往年华，温润累累尘心。

# 冰棍往事

午后，卖冰棍的来了，一辆旧式的二八自行车，一个洁白的长方形的泡沫盒子。“卖冰棍哟……卖冰棍哟……”悠长的吆喝声像唱歌一样婉转动听，在寂寥的胡同里一波一波荡漾着。一直漾进胡同里每一个孩子的耳中，漾到心里。

那简直就是一个甜蜜的清凉的诱惑。一家人正在睡午觉，静得能听到院子里一片树叶飘落的声响。妹妹“咯噔”一下坐起来，麻利地凑到我身边，眼睛里闪着光芒：“姐，我梦见正吃冰棍呢。卖冰棍的还真来了。”

我早已醒了，正拉开床前一个柜子的抽屉，那是我的百宝箱，放着各种各样的宝贝和大人们偶尔给的小零钱。妹妹也有一个这样的百宝箱，急急忙忙拉开去找钱。我们扒拉了半天，才想起前天已经花完了。我们继续扒拉，故意把声音弄得很大。可是，母亲到底不关心冰棍的事，依然睡得很沉。

屋子里待不住，我们跑到门口的槐树下站着，却正好看到卖冰棍的人正在整理盛冰棍的泡沫盒子。冰棍已经卖完了，空荡荡的盒子像我们空荡荡的心。妹妹急得直跺脚，眼泪在眼眶里打转。我究竟年长些，安慰她，没事儿，明天还会来的。

我其实心里在犯嘀咕，为什么不等到大人们醒时来呢？也许大人们一高兴，会摸出赶集剩下的五分钱。就像上一次，母亲把五分钱放到我手里，我紧紧地握着，好像一下子全世界的美好都在我手心里一样。

冰棍两分钱一根，五分钱两根半。卖冰棍的人一高兴，给了我们三根。举着那三根冰棒，我们开心极了，像举着三根美丽的水晶。我们顿时思想如雷锋叔叔一样伟大，希望所有的人都高兴起来，甚至在心里暗暗发誓，一定乖乖的，不惹大人们生气。这样大家高兴了，我们就有冰棍吃了。可是舍不得吃，不吃呢，又怕它们化光了，啪啪滴在地上，太心疼了。然后我们就想了个办法，放在碗里，化了，还可以喝冰棍水，太美了。一根易化的冰棍，可以整整消磨一下午的时光。多么美妙，又多么不可思议。

最令我们盼望的是放麦假那段时日。不爱下地的我们也乐颠颠地跑去田里凑热闹，帮大人们干些跑腿儿的活儿。这时卖冰棍的，不去胡同了，也跑来了田间陌头。太阳呼呼地喷着火，每个人的嗓子眼里都干干的。母亲笑眯眯地拿出四倍的五分钱交给我们去买冰棍，四倍呢，在一个孩子的心里实在太慷慨了。当家里人捧着白亮亮，散发着清凉的冰棍时，那种愉悦舒畅的神情，我恨不得是《西游记》里的那只孙猴子，会七十二变，变成一根喜悦的冰棍。

没想到机会还真来了。一次来卖冰棍的人竟是我的一个同学，我羡慕极了，他实在太幸福了，可以拥有一大箱子的冰棍。我跑到母亲面前，郑重地向她说：“我想去卖冰棍。”母亲看看我，笑了：“你会骑自行车吗？”我摇头。“等你学会骑车了再说吧。”母亲说。

等我真正学会了骑自行车，是另一年的麦假了。又向母亲提卖冰棍的事，母亲还是说：“不行，你一个女孩子，不放心。”再提，母亲总有理由拒绝。而我卖冰棍的梦想就这样一年一年地蹉跎了。

十四五岁后，渐渐，卖冰棍的事就不再提了。一是那时我已有了少女的羞怯之心，一是骑自行车卖冰棍那样的时光一去不返。何况到处是商店，到处是冰柜，吃一根冰棍，已没有以前那样眩晕的快乐感。甚至不能满足口腹，想吃的是一种叫作雪糕，又被时尚的人称为冰激凌的东西。

而当真正尝过各种口味，各种形状，各种色泽的冰激凌后，觉得也不过一般，都不如少时的快乐纯粹深刻，幸福感也没有多一分。一个普通的冰激凌甜筒，起码也要几元，搁在往昔，能买一箱子冰棍了，那种快乐的幸福感该多么饱满。少时的冰棍，物美价廉。少时的快乐也同样廉价简单。

# 水 乡 梦

像孩子们那些稀奇古怪的梦想一样，我的小小的心里也曾刻过一个好笑而又诗意的梦——临河而居，枕水而眠。那时候，不知道乌镇，不知道世界上竟然还有“枕水人家”这美得令人心动的词语。对江南的所有印象，是堂屋里西侧门楣上挂着的一个老旧的牌匾。那是父母结婚时别人送的，一幅湖水荡漾的风景画。大人们似乎对它很珍重，说那可是大名鼎鼎的杭州西湖啊。

这水波澄澄的美丽西湖并没有在我心里掀起波澜，掀起波澜的却是小村庄里的一条河，应该说是一个水塘。它位于村子的中央，圆圆的一片水域，周围岸上植着葱茏的树木，树木外密密地坐落着一排排红砖青瓦的房屋。这个被我称为河的水塘，在村庄里的地位就像它的位置一样是举足轻重的，相当于一片区域的中心广场。现在想来，不过是巴掌大的一片水，在一个孩子的眼里是多么广阔，维系着整个村庄人的衣食住行。

阳光明朗的时候，水塘的上空总是溢满了欢快脆亮的笑声。村庄里的大娘，婶婶，还有年轻的姑姑，在岸边浣洗衣物，洗呀，捶啊，水的声音和着说说笑笑的声音，像乐曲一样美妙。吃饭的时候，也很有意思。住在水塘附近的人家，总是在家里的饭桌前待不住，端着饭碗，蹲在岸边的树木旁，吸溜着，不过是农人的粗茶淡饭，却吃得如同山珍海味似的香。那自然而然就形成了一个天然的饭场。

最有意思的还是那些夏日的晚上，水塘边最是舒适清爽。晚饭后，庄里的人陆陆续续都会聚集到那里。三五一堆，吹着凉凉的风，胡侃神聊。也有大人们讲鬼故事的，吓得孩子们大叫，可是又禁不住好奇凑上去听，真是又刺激又好玩。像我们住在村子的最东头，母亲收拾停当后，也会带着我们去玩一会儿，有时还带着毛巾香皂给我们在水岸边洗澡。那样清凉美妙的夏日，总是会让孩子们迫切地期待。

因此，那时候，我总是在做着一个不切实际的梦，渴盼着有一天我们也搬到水塘边住，那快乐该是多么广阔无边呢。日复一日，村庄里宁静安详，这个梦就更显得虚无缥缈。

直到七岁那年，父亲带着我去了一趟县城，我那水塘边居住的梦想突然又升了一级，变成了河。那也是我第一次看到河，比起水塘，简直是太阔大了。县城就是被这样的河护卫着，进城没有桥，没有路，只有清清的水域，来往的小船。多年后，当我读到杜荀鹤的诗：“君到姑苏见，人家尽枕河。古宫闲地少，水港小桥多。夜市卖菱藕，春船载绮罗。”简直熟悉得要命，和儿时那次进城的记忆一模一样。

那天，父亲带我在临河的影院里看了一场电影，在一个临河的亲戚家里住了一个晚上。虽然那是我第一次在影院里看电影，可我却不记得宽大的屏幕上演的什么了。倒是那个晚上，我高兴得睡不着，趴在窗户上，看了半夜的水。即使后半夜睡着后，也一直能听到水在我的枕下欢快地在唱歌。

这样的一个经历像刻在了我的生命里一样，总是让我难忘，总有哗哗的水声在心底深处流淌。

没想到，我在长大，城里的河也在长。等我去城里读书的时候，县城比以前大了一倍。环绕县城的河被开凿成了人工湖，比西湖的面积还要大。来往的船只依旧有，只是仅供游玩。通往城里有路也有桥。然而，我却十分失落。

几年后，在省会读大学的时候，竟然碰到了一个从南方水乡来中原求学的同学。我欣喜激动之下，缠着她讲讲她的家乡。她十分诧异地望着我，说："有什么好的啊，我喜欢你们中原，到处闻得见泥土的气息。"

作为客气，她还是打开她的手机，让我看了一张她家门前的照片——那真的就是建在水上的房子，白墙黑瓦，我们的巷子是路，她们的巷子是水。一扇扇开着的雕花窗子，静谧清幽，让人悠然神往。比我梦中的景象更静、更美。

看着我热切的眼神，她似乎理解又不理解，就像她对中原的向往一样，我也是如此恍惚。也许正如卞之琳的那首《断章》："你在桥上看风景，看风景的人在楼上看你。明月装饰了你的窗子，你装饰了别人的梦。"你轻易得到的，正是别人孜孜以求的，只是不自知。

# 蜻蜓款款飞

夏日，长长的胡同，老家门前的黄昏。那时候的蜻蜓真多，黄黄的身体扇动着透明的翅膀，在光线柔和的胡同里款款而飞。它们不怕人，胆子大而调皮。一抬手似乎就可以抓到一只。不过这是大人们的本领，我们小孩子可得借用大扫把，扑蜻蜓。

一群小伙伴，一把大扫把，飞来飞去的蜻蜓，荡来漾去的笑声，构成了一幅乡村傍晚嬉乐图。这样的风景，那个贫乏年代的游戏，不承想，数年后，成了夏日里遥远且美好的怀念。

从书本上得来的常识，还有父母的忠告，我们知道了蜻蜓是益虫，吃烦人的蚊子。可我们依然又举起了扫把，却非常小心翼翼。我们把扑来的蜻蜓放在蚊帐里捉蚊子，到睡觉的时候，再把蜻蜓放走。仿佛只有如此，夏日的夜方可酣眠。

然而，多年后，此情此景只可站在时光的这端遥念怀想，在梦里与之相遇片刻。

恍然间，我的孩子也到了我怀念的那般年纪。在夏日，我教他背有蜻蜓飞来飞去的唐诗，给他讲我们那个年代的夏日嬉乐情景和光阴深处的笑声。

而我们如今居住的门前，比过去老家的门前要清洁平整，可没有一棵树一株草，更没有蜻蜓飞过。

不过旁边的郊野公园草木葳蕤，和过去乡村的景致有几分神似。我带孩子去那里找蜻蜓玩，可惜走遍偌大的园子竟没有发现一只蜻蜓的踪迹。平日里爱“招蜂引蝶”的那片薰衣草上也没有蜻蜓飞过，真让人难过失望。

后来我们在这郊野公园的另一侧，用铁丝栅栏隔开的荒芜的园子里发现了一个荷塘，竟是荷叶田田，荷花亭亭。没想到被人遗忘的荒芜之地还有这么美的地方。

“小荷才露尖尖角，早有蜻蜓立上头。”杨万里的诗句早已在孩子的心田熟稔到脱口而出。我们为这样的发现欣喜激动。而小荷早在很久远的历史长河中已成为了蜻蜓的知己。我们以为这次终于可以欣赏到蜻蜓的款款飞舞了。

那个有着徐徐凉风的黄昏，我带着孩子坐在荷塘边，像等一个老朋友那样等待一只蜻蜓的到来。

直到天色微微暗，孩子有些着急了，我们的愿望却没有成真，要等的蜻蜓依旧无音信。

望着无声无息的荷塘，荷塘里静美的粉荷花苞，我和孩子不由得轻声叹息。孩子的失望，我的惆怅，在晚风里流淌。

“蜻蜓难道只在唐诗和你的小时候中飞，不想到我的小时候中来吗？”孩子很茫然地问我。

“不是的，天晚了，蜻蜓大概也回家了，明天我们再来吧，早一点儿，或许就看到蜻蜓飞了。”

这是我犹豫后给孩子的回答。

我对蜻蜓的到来很不确定，也许真的就像孩子说的那样，它们留在了唐诗中和我们过去的时光中而款款飞了。不仅仅是蜻蜓，还有很多曾给我们带来快乐，陪伴我们成长的东西，都躲起来不肯与我们再相见。

# 与紫藤花相伴的时光

在我心情最为糟糕的时候，遇到了紫藤花。那是我初入大学校园的头一个初夏，一切的欣喜和好奇过后，我为自己的选择懊悔不已。

谁能想象一个很腼腆、很害羞、很安静的女孩儿，突然一下子变得活泼、大胆、张扬起来。属于她的白开水一样的平静的慢世界，也变得像刚开口的可乐一般，突突的泡沫向外冲，节奏紧张、形式热闹。到现在，我自己依旧不明晓为何要那么努力地改变，是不想妄度青春，体味一下青春的活力和多姿多彩?

我放下陌生和矜持，开学初，努力地表现自己。班级的，学校的，每一项活动都积极参与。大家看到的是一个热情，热心，激情洋溢的我。班级选举的时候，我以最多的票数成为了团支书，和班长一起配合，管理班中那些大大小小的事情。

我的世界更加忙碌了，像一个陀螺，不停地旋转着。这样的生活，带给我的并不是充实，而是晕头转向，马不停蹄的落寞和忧伤。夜深人静，当所有的人都酣然入眠的时候，我却转辗反侧，不能入睡。迷茫，纠结，藤一样缠绕着我，我发现我弄丢了自己。

一直清楚地记得那个寂寥的午后，大家都在午休，校园里静静的。我和班长在教室里商量事情，意见不合，争吵起来。这样的争吵已经很多次了，我们是两个失败的合作者。那天我心情本就不好，眼泪一下子很不争气地流了出来。委屈和伤心充斥着我，再无心和他争辩。转身走时，一抬头，却看到了窗户外汪洋似的一片紫。猛然间，我为那种盛大而惊住。

急步走出教室，奔到教室外的另一侧，我看到了一个美丽的紫藤花长廊。浅紫的紫藤花护卫着长廊，密密实实，瀑布一样盛开着。这个紫藤花长廊，我是知道的。刚开学那会儿，是一片蓊郁的青。后来的紫藤花是怎么一点点由青变黄变枯，又怎么一点点重获生命力，直至眼前的盛大绽放，我就再也没有留意过了。也很多次路过它们，步履总是匆匆，哪会注意一种花的凋落与盛开呢。

忽然想起宗璞写的《紫藤萝瀑布》："从未见过开得这样盛的藤萝，只见一片辉煌的淡紫色，像一条瀑布，从空中垂下，不见其发端，也不见其终极，只是深深浅浅的紫，仿佛在流动，在欢笑，在不停地生长。"这样美好宏大的花事多像青春呀，花儿也是有青春的吧，在流动，在欢笑，在生长。

站在那浓密的紫色瀑布面前，竟慢慢觉得我那些所谓的忧伤，所谓的委屈，所谓的眼泪，是多么微茫和可笑。

我开始改变自己的心态和态度，以积极和淡定的姿势去面对每天的纷繁和忙碌，工作也渐渐得心应手。而我每天最重要的事就是去那个紫藤花长廊，看看，坐坐，很多纷乱的心绪在紫藤花的世界里一一平静。

紫藤花飘落的时候，我坚定了自己的心，向辅导员辞了职。一个人的天性是难以改变的。校园里看看花，图书馆里看看书。还是觉得这样宁静的时光适合宁静的我。

毕业几年后，眼看青春渐行渐远，总会莫名地怀念起与紫藤花相伴的时光。青春无悔，点点滴滴都如花，如那个美丽的紫藤花长廊，在时光的一角盛大地开放过。如此足以。像宗璞在文末里说的，它是万花中的一朵，也正是由每一个一朵，组成了万花灿烂的流动的瀑布。她说的虽是生命，而青春又何尝不是如此呢？青春本身就是一个万花灿烂的流动的瀑布啊。

# 梧桐远去

梧桐是吉祥树。《诗经》里说："凤凰鸣矣，于彼高岗。梧桐生矣，于彼朝阳。"向阳而生，高大温暖。凰凤鸣啾，一派祥和欢乐。

犹记得儿时的乡下家家户户的庭院里讲究种一两棵梧桐树，并引以为傲。似乎谁家的梧桐树长势好，枝叶愈繁茂，那么，这家人脸上的笑容就愈多。

小孩子家好奇，拽着奶奶的衣角一遍遍追问。正在捡豆子的奶奶停下手中的活，望望屋前的梧桐树，有阳光闪闪烁烁，鱼儿一样穿梭其中。奶奶抚了抚我的头，笑眯眯地说："家有梧桐树，不愁凤不住。咱们家的这棵是你出生时种的，和你一样大了。"对奶奶的回答依然不明白，但知道了它和我一同来到家里的，自此便对它生了莫名的好感，成了心头的骄傲。

梧桐树最好看的时候是在春天。硕大的、淡紫色的桐花缀满枝桠，出尽风头，绚烂得很，就像整个春天都云集到了它身上似的。空气里到处氤氲着淡淡的桐花香。有风徐徐来，几朵桐花空中打了转，悠闲地飘落。此时，桐花声里，燕燕于飞，叽叽喳喳，好不热闹。这堪称为世外的梧桐源，一幅美丽的风景画。这个时候的乡下也是最美的。

村庄里梧桐树最多、最茂盛的是邻居大妈家。她家院子大，一共种了三棵，葳葳蕤蕤。偌大的院子弥漫在绿色和花香里。她家的孩子也多，热热闹闹一大群。而大妈仍嫌不够热闹，在东墙边圈起了鸡圈，养了一群小鸡仔。她家聚人，小孩子们都喜欢去那里玩。我们像一群鸟儿一样叽叽喳喳，蹲在桐树下捡桐花。大妈端了鸡食站在鸡圈边喂小鸡，一脸喜滋滋，发髻上不知何时簪了一朵桐花，明亮亮的。

秋天雨水多，缠缠绵绵，这时的梧桐树又是另一种味道。雨水濯洗去尘土，大叶面青亮青亮的。我们窝在大妈家的屋子里看电视剧《梧桐雨》，大妈不闲着，厨房里给孩子们烙葱油饼吃。

年少的时光眨眼间就溜走了，梧桐树也一日一日悄悄地老去。

村子里的梧桐树越来越少了，很多人家建起了宽大的屋宇，院子里就没有了梧桐的位置了。和我同龄的梧桐，也未能幸免，在我哭闹了一场后，依然被伐掉了。热爱梧桐树的大妈坚守着，断然不肯伐去。

后来我远离故土，他乡求学，过了几年再回去，在村里转了一圈，已看不到一棵梧桐树。整整齐齐的二层小楼依次排列着，却缺乏植物气息。墙面是光亮的瓷砖，院子里是水泥打的地面。我心里空落落的。

遇见大妈，看到她家光洁的水泥院，忍不住问："怎么伐去了？"大妈摇摇头，很痛苦的样子，然后絮絮地向我讲起她的苦寂。孩子们长大，鸟一样飞走了，大伯又去世得早，偌大的院子，只她一人。秋雨淅沥沥打在叶上，实在闹心得慌。

的确，那么爱热闹的她，如何经受住那样的岑寂！

梧桐其实又是惆怅树。李清照《声声慢》词中写“梧桐更兼细雨，到黄昏，点点滴滴。这次第，怎一个愁字了得。”疏雨梧桐，冷清孤寂。浓愁如这般潮湿难解，湿漉漉像天空的泪水，敲打着宽大的梧桐叶。

然而，梧桐树终归从生活里淡去了，它的美好、吉祥和惆怅，留在了在时光里，让喜欢它的人怀念着。

# 辑六／时光不语，静待花开

时光静静的，悄悄的，不言不语，最是忠诚公正。我愿站在时光之侧，平心静气，默默努力，不急不躁，静待梦想之花盛开成整个春天。

# 春　如　笑

阳光像一大朵盛开的金色花，明媚、明亮，又温暖。邻家阿婆戴着古旧的老花镜坐在这金色的花瓣里，低着头，不慌不忙，静静地绣着一幅十字绣，很安恬的样子。

伴着醉暖的春风路过，顷刻间为这样的情景而心生一种遥远的古意和暖意。我挪不动脚步了，也静静地站在那金色的花朵里，笑盈盈的。

还是没忍住，打破了那样美好的安静。我赞阿婆的眼神好，真是了得啊。阿婆停了下来，缓缓抬起头，递上来一个灿然的笑。那笑容真美，像一朵花绽放在苍厚的土地上。阿婆热情，展开她腿上的十字绣让我看，那是一幅春天的景象，远山含笑，草木淡雅。最左边有八个字：春山如笑，福气迎人。

阿婆说“春山如笑，福气迎人”是这幅十字绣的名字。阿婆的声音柔和有力又藏着一份自豪。她伸出苍老的手抚了抚那几个字，又低下头开始绣。我默默地念着那十字绣的名字，想阿婆如此年纪，竟有如此好的眼力和精神，又活得如此安详自得，果是心有春山如笑，身自福气迎人。

那个阳光如花暖暖的春日午后，我本来打算要做的事早已忘记了，只是一味心醉神漾地和阿婆待在金色的花瓣里，看阿婆一针一线绣下如笑的春山风景。

春山如笑，不是随意的一则比喻，它是携带着光阴的苍厚和古人的智慧。最早来源于宋时郭熙的《林泉高致·山水训》："春山澹冶而如笑，夏山苍翠而如滴，秋山明净而如妆，冬山惨淡而如睡。"春来万物复苏，生机勃勃，澹雅明丽，让人心胸舒畅，看眼前山川笑意盈盈。

岂止是春山呢？春回大地，看春归后的暖暖人间，一草一木，一朵花一只鸟，一缕阳光一抔泥土，房前小院落，屋后小菜园，无不含着淡淡笑容。清风入怀，醉了心扉，笑意从内心里生发，每一寸肌肤都在快乐地与春天拥抱。

《牡丹亭》里唱："袅晴丝吹来闲庭院，摇漾春如线。"春如线，是那柔柔的软软的柳枝吗？泛着淡青的柳枝上排列着一个个鹅黄的嫩芽，那是一朵又一朵微笑啊，春天对季节的微笑，柳枝对生命的感恩。春天如线，长长的，总觉得有几分惆怅。而春天如笑，轻盈盈的，把人生的惆怅事都笑开了去。

吴冠中先生有一幅著名的画叫《春如线》，据说是根据《游园惊梦》得来的灵感。他讲用线来描绘春天，是暗示春光之易逝，人间留不住朱颜，留不住青丝，今日丹青正艳，放歌狂舞，更遇彩点纷飞，人间欢乐只留画中看。

朱颜辞镜花辞树，那是自然的法序。既然朱颜留不住，青丝留不住，不如内心里风清月朗，把春天看成是一朵又一朵笑容串起来的季节，何必良辰美景惆怅不已？

台湾散文家张晓风在《春之怀古》中这样说春天必然曾经的样子：

“从绿意内敛的山头，一把雪再也掌不住了，扑哧的一声，将冷脸笑成花面，一首澌澌然的歌便从云端唱到山麓，从山麓唱到低低的荒村，唱入篱落，唱入一只小鸭的黄蹼，唱入软溶溶的春泥——软如一床新翻的棉被的春泥。”

这就是切切实实的春天，笑成花面的春天。“一把雪再也掌不住了，扑哧的一声，将冷脸笑成花面。”一首澌澌然的歌从云端唱入软溶溶的春泥，“扑哧的一声”，小草从春泥里钻出来了；又“扑哧的一声”，梨花开了；又“扑哧的一声”，杏花开了；又“扑哧的一声”，桃花开了，染粉了春天。

心中盛着春天的笑容，安安然然的，让我们去做个有福气的人吧。

# 晨静鸟谈天

清晨的好时光是一天中最静谧爽朗的。尤其是天气渐渐回暖，那种寂寞的清寒渐渐就变得淡了，到夏日的时候，已幻化成了令人欢畅的清新气息。

这样的好时光，在床上睡不着了，躺不下去了，不止是心生浪费感，还有一种对时光的不尊重。天暖的时候也日渐养成了早起的习惯。那时晨光熹微，人间宁静寂然，思维却是最清晰。家人都在酣睡，我蹑手蹑脚起床穿衣，静静到桌前，静静开电脑，静静坐下——写字。思绪一行一行流淌在洁净空白的文档上，如春天而至，草木花卉有序而洁然地绽放在空阔苍厚的大地上。

很快，一种轻快又清脆的声音从客厅里像一尾鱼缓缓游过清晨的安静到我的耳际。我知道是它们回来了。

那是两只鸟，一对情意绵绵、相恋相爱的有情鸟。在客厅的窗户上边，它们你一言，我一语，时而清扬，宛若笑声；时而又低语，似在诉说情长。

它们是去年春天来的，最初我是被它们清脆的谈笑声唤醒的，然后就再也睡不着了。起来，发现清晨的时光竟是那么幽静而美好，鸟鸣声里每一寸光阴都充满了灵性。

我靠近客厅的窗，想去看看那是两只怎样的小鸟，可是，我刚站定，打算拉窗帘，它们却忽地飞走了。鸟儿是最精灵的，我惊扰了它们。我没有即刻离开，而是拉开窗帘，站在窗帘后期待。

果然一会儿又飞过来了，它们落在窗户上边，不知是否看到了我，竟大胆地在窗户外的铁丝上跳来跳去。真是两只好看的鸟儿，那羽毛像缎子一样光亮，可惜我不知它们的名字。我在的时候，它们谁也不说话，跳来跳去，间或互相凝视。

转身离开，我走到里屋，它们突然又恢复了适才的欢畅，婉转清扬，窃窃私语。这两只鸟儿有趣，像一对小恋人，当旁人路过的时候，便噤了声，默默相视。旁人一走，便叽叽喳喳，情话绵绵。

我所住的这一片都是二层的普通民居，楼间距非常的窄小，站在客厅的窗前看到的只是邻家的墙壁。不过却是非常的静谧，天气好的时候，阳光也会穿过来。那两只鸟没有选择热闹的林子，而在我家静谧的窗户上谈天说地。我认定它们是一对谈恋爱的鸟。

在那样宁静清爽的晨光里，它们朝朝约会。我则在这清晨的静美里写好一篇文章。因此，面对朝阳升起的新的一天，我的心底是丰盈充实的，轻松愉悦的。

我坚信如今回来的两只鸟就是去年谈恋爱的那一对，它们和春天一样如约而至。它们该是也成了家吧，在这温甜的晨光里品味恋爱时的心动和现时日子的静好。你听，那谈笑声里，还有柴米油盐的琐碎和温馨。

在这样的时刻，我的内心总是溢满感动、感恩和幸福。面对繁花似锦的世界，我不想奢求太多，只愿一直如此，守着一扇窗，一道门，一个喜欢的人，一个喜爱的孩子，一个简单的家，相安相陪相守相伴，度过宁静清朗的晨光和最美的季节，一天又一天，一年又一年，一生又一世。

# 从图书馆到野生公园

爱上一座城总有些原因的。有人说，爱上一座城是因为一个人，爱上了城里的这个人，这座城也跟着沾了光，所有的都美好起来。爱情终究是飘渺短暂的，原本的美好也许会变成一把把伤人的利刃，逼着你逃离。年轻的时候多多少少都经历过这般的傻事。

后来，身心俱疲，我们迫切地希冀着桃花源似的一方净土，来安放躯体和灵魂，或修篱种菊，悠然南山，或塞外牛羊，自由放浪。这些只能是过一把想象的瘾，最终要回到车水马龙滚滚红尘中，与俗世烟火生活纠缠不休。

曾辗转反侧地打算过离开轰轰隆隆的闹市，回老家，守一方庭院，两亩薄田，过诗意田园生活。这到底是一时的遁世妄想。没有离开，反而更坚定地留在了这座物质文化最繁盛的城市。渐渐，也爱上了这繁盛的城市。这城里并没有让我寤寐思服的人，却有两处让我留恋的清净之地——居所附近的野生公园和闹市区的图书馆。

这两处看似毫无关联的地方却因为读书而串成了生活的主线。不过在发现它们的美好之前颇历了一些周折。

五年前搬到此地时是冬天，冷肃萧条。野生公园里光秃秃的，清旷幽寂。那时候，刚从校园里走出来不久，一腔热烈激荡高远的心。这样的风物是如何也入不了年轻的法眼，匆匆转了半圈便急急走了。此后，纵是上班下班路过，也不曾有闲心进去看看，自是把它忽视在生活之外。

闹市区的图书馆则是我对这个城市充满好感的第一站。初衷都是美好的，欢欣地办了图书证，抱回去一堆书，搁置到生尘过期，却不曾细细翻阅。每天都在忙忙叨叨，却不知自己在忙什么。忽一日发现，呀，都过期该还了，才手忙脚乱着急忙慌地翻翻，失却了原本读书的清静之心。渐渐荒废了，后来干脆就退了卡，彻底成了一个远离书本的人。

可这样无我地决绝扎入熙攘的红尘深处，活得并没有预料中的那样自得潇洒。反而越来越抓不住自己。时光是乏味的，日升日落，混混就过去了。

几年后，当经历过一些世事，初尝人世的酸甜苦辣后，爱和怨和恨后，我再一次踏进了图书馆，那熟悉的清静气氛和微妙的书香顿时袭击了浮躁的内心。那一刻，特别清醒，觉得自己真正想要的不过如此简单。

从那时，我开始了与书相伴的日子，遵从自己的内心，辞去了貌合神离备受煎熬的工作，捡起多年前喜欢的文字，一心一意读书，煮字。

心，渐渐沉下来，静下来。浑浑沌沌的日子变得像山谷里的溪水，清澈见底，照得见周围的世界美好。

也就是在这样看起来从心而活的日子，眼底又照见了另一处美好——居所附近的野生公园。那是万物生长葱茏的夏季，我抱着书慢悠悠在树荫匝地的公园闲晃，环顾四周，被翠生生的绿意裹挟，仿佛也成了一株自由生长着的植物。这野生公园大部分保持着原貌，人工的痕迹稀少，按照自然的方式自由生长着。来凑热闹的人少，公园总是幽静的，听得见鸟儿展翅飞翔的声音。

很多时候，从图书馆里抱回的那些书被我一本本又抱到公园里，找一个土坡，读书，看云，听鸟。

生活纵然是千疮百孔，生命纵然是一袭华美的袍上爬满虱子，但底色终究是华美的。一叶障目，不见森林。活着若是总盯着那些虱子和疮孔，任谁也轻松不起来。每个人都是一株植物，都有属于自己的位置，而活着的方式却是自己选的。

野生公园的栅栏外就是滚滚而来的车流人群，尾气、噪音、尘土、喧闹。而栅栏上的藤蔓植物却活得坦然自适，用强盛的生命力包容着外界，而不是选择枯萎和逃离。

我庆幸并永远感激读书，让我最终明白，要从心而活，寻找美好。“读书即是净土”，于喜欢读书的人来说，其实隐于市隐于野没什么区别。那强大的精神世界和细腻柔韧的情怀总能铺展出来另一个不同的世界。不是不美好，而是没有被发现。俗套的话语，总是被证明的确如此。事实上，所有的真理都是如此简单。

# 时光不语，静待花开

和孩子一起在公园里种了一棵桃树。孩子很兴奋，每天总要跑去看几回。他期待着自己种的桃树开花的样子。而每次总是兴冲冲去，意懒懒归，一脸失望。

那天，我们又一起给桃树浇完水，孩子突然问我："妈妈，桃树是不是不喜欢我呀？"

"没有呀，怎么会不喜欢你呢。"我抚着他的头安慰他。

他迅速摆脱了我的手，指着灰突突的桃树枝说："妈妈你看，它见了我，从来没有笑过。"

我禁不住被他的童真逗乐了，一边让他看潮湿的土壤，一边对他说："桃树正在吃饭，正在用力长大，没有工夫笑呀。你对桃树这么好，它都记得呢。小声点，别打扰它呀，我们只要静静地耐心地等待着，它一定会开花的。"

孩子转瞬就乐了，把小手指放在唇边，做出“嘘”的姿势。看着他既天真又庄重严肃的神情，我蓦地想起了小时候种凤仙花的旧事。

那时候的乡下，凤仙花很常见。凤仙花在我们当地又叫桃红，开的花捣碎，可染指甲，是乡下姑娘的心爱花卉。每当凤仙花盛开的时候，看到红红的花瓣，我总是心生羡慕。可是，母亲很忙，没有时间教我种花。

后来，我从一个亲戚家偶然得来了一包凤仙花种子，悄悄地珍藏了一个冬天。来年春天的时候，拿出来给母亲看，母亲笑笑，接过了凤仙花种子。母亲什么都没说，随即在院子里的东墙边用红砖块垒出了一个小小的花坛。母亲把凤仙花种子撒在了花坛里。

我小小的心激动得要蹦出来了，无数次想象凤仙花盛开的情景。每天放学后，什么也不干，单单守候在花坛边。然而，一天过去了，两天过去了，花坛里一点儿动静也没有。我立时急坏了，急匆匆拉着母亲去看，母亲笑了，一遍又一遍劝慰我，不要着急，慢慢等。

一周后，果然有了变化。花坛里长出了嫩嫩的幼芽。我去花坛去得更勤了，甚至吃饭时，也要端着饭碗去看看。家里人看不过我如此痴迷凤仙花，都笑说我上辈子大概就是一株凤仙花。

日日看着凤仙花，总觉得长得慢，每天都是老样子。母亲最后想出了一个好办法，她剪了一段织毛衣的红线给我，让我隔一段时间去量量凤仙花的高度，来记录凤仙花的成长。母亲就是用这样的方法在墙壁上记录我们的成长的。每过一段时间，母亲就会让我们站在墙边，用粉笔在墙上划一道，每一次都会高一点儿，母亲脸上的笑容就又多了一点儿。

我依照母亲说的，每量一次，就在红线上挽成一个花瓣的样子。等待凤仙花开的日子，就这样静静地流过，从春天到夏天。红毛线快挽到头的时候，凤仙花果真如约盛开了，一朵，两朵，到后来红艳艳的一花坛。

付出了，内心保有一份美好的希望，坚持住，总会等到花开的时候。世间的花事如此，其他的一切事亦是如此。

去年夏天，我开始捡起曾经写字的梦想，起初也迷茫也心急也痛苦，朋友董君常常开导并鼓励，流水样的日子里，好在坚持了下来，从炽热的夏走到萧索的秋，又走过冷寂的冬，走到了明媚的春。有付出终有收获，写下的文字也寥寥落落的，一朵两朵地开在了江南江北。忆起这一段光阴，又何尝不是在种花呢？只不过这种花的名字叫梦想。

时光静静的，悄悄的，不言不语，最是忠诚公正。我愿站在时光之侧，平心静气，默默努力，不急不躁，静待梦想之花盛开成整个春天。

# 六月莲灿

一月气聚。二月水谷。三月驼云。四月裂帛。五月袷衣。六月莲灿。六月是属于莲的。莲叶田田无穷碧，莲花灿灿映日红。有人说，片片莲灿都为我惜生，莲灿是一种状态，一个女子最最美好的时候，如莲花的盛开。六月莲灿之时，希望能光着脚丫奔回你的身边。

不，不是这样的。不单是女子的好年华，每一张年轻的脸上都绽放着如花年华。莲灿之时，我们谁都奔不回谁的身边。我们就像一粒粒种子，被命运和时光之风吹散到东西南北中。六和九那么相似，又截然分明。九月的莲花已然凋落，却注定了要去相聚。六月的莲花灿然生华，却注定了是一场别离。

二十四节气里的雨水不在六月，而六月的雨水却一场连着一场，哗哗，哗哗，一场比一场急促，一场比一场悲伤。雨水是天上仙子们的泪水吗？我们不哭，我们最后一次聚会，我们唱歌跳舞，喝酒划拳，我们站在教学楼前的奈何桥上看池里的莲花。仙子们的泪水在莲叶上流动，成了一颗颗晶莹的珍珠。我们的泪水在心里流动，也成了一颗颗晶莹剔透的珍珠。

挥一挥衣袖，不带走一片悲伤。轻轻地来轻轻地走，像莲花一样安静寂然，像莲花一样灿烂着容颜挥别如水如木纯净美好的年华。把刻骨铭心，充满笑声的记忆带走，在异乡寂静的落日里留着慰藉。把离别的泪水和忧伤淹没在心海，任岁月情深，沧海桑田，化成清水下的淤泥，淤泥里长出一朵灿然微笑的莲。

多年后，六月成了最令我们怀念的月份。那离别那青春都是一朵朵绽开在荒寂岁月里的清芬的莲。六月的文字，落眸处，一字一句，一标点一符号都与校园有关，与青春不离。网上随手一点就看到这样的诗句："那些合影，那些欢聚，那些痛饮，那些颠闹。那些属于青春的小幸福，那些事关年少的小癫狂。如此耀眼，如此张扬，如此美丽，又如此相似。"处处是莲花，处处是青春的怀念和气息。

"那个操场，曾经的欢腾热烈，曾经的汗水荣耀。那条小径，曾经的绿植荫荫，曾经的低语轻言。那间房舍，曾经的秉烛夜话，曾经的欢笑歌唱。"这是每一个青春里都有的故事，每一个故事都是六月里的一朵莲花，时光的河里蹁跹舞着流年。

莲，出淤泥而不染，濯清涟而不妖。中通外直，不蔓不枝，香远益清，亭亭净植。这是莲，圣洁、清净，莲是佛家的禅。青春圣洁、明净，青春是灿然绽放的莲，青春是人生的禅。人生弯弯曲曲，杂乱繁芜，青春的美好始终如一朵莲在时光长河里香远益清，亭亭净植。

然后，当我们老了，头发白了，老成了一朵莲蓬，睡思昏沉地坐在六月的晚风里回忆六月莲灿的日子和逝去的锦瑟华年。一朵莲花的微笑就这样悄没声息地爬上了苍老的面庞。

# 绿窗人静

整个上午的光阴，都是寂静的，我在倦怠中遥想发呆。门开着，水蓝色的门帘下缀着珠子，晃晃悠悠的。斜斜倚着沙发上的麻布垫，对着敞开的窗，恰如“绣帘风细，绿窗人静”。只是窗不是绿窗，光秃秃的简单，没有一点儿绿字的信息。因楼间距窄的缘故，跑到眼前的是人家砖红色的后墙。

我想起在老家小院的青葱时光。东屋在春天落成，夏天我们几个孩子就迫不及待地要住进去。东屋有两间，我和妹妹住在里面，弟弟在外面。里面的那一间有大窗户，父亲怕蚊虫咬我们，给窗户糊上了一层绿色的薄窗纱，翠翠的，很好看。窗户下放着母亲的老式缝纫机，把机头合进去，光光的平台可以当写字的桌子。

窗户外面种着一棵柿子树，夏日里隔着绿窗纱去看，那柿树的叶片真青，还有一粒粒的小柿子在午后的光亮中闪烁，真是可爱。那时候我在镇上的中学读书了，正是心思敏感情怀初绽的年纪，总喜欢一个人静静待着。弟弟妹妹年龄小，到星期天，他们总爱到堂屋里看热闹的电视，我则一个人坐在窗下的缝纫机前，看书，写作业，望着绿色的纱窗发呆。而很多时候也总是会以写作业之名偷偷看小说。

堂屋里时不时有笑声飘过来，我不知道他们看到了什么好笑的场景，却也会莫名地跟着笑起来。然而我却并没有想去参与的愿望，只想一个人静静地在窗下，和时间缓缓相坐，两看不厌。

江山易改，本性难移。是的，一个人的喜好就像人的性格那样，一旦形成，怕是此生难以丢掉。我对静的偏爱也许从那时候就已悄然随着成长而融化在骨子中。

手机轻响，一位朋友在QQ上和我说话，聊起我近来的困惑和迷茫，他劝我说，不管你是不是觉得自己退步了，你都要继续写，坚持写。你可以走远的，因为你安静得像一株菊花。

朋友的劝解像老家旧庭院里东屋的绿窗，给人宁静和清凉的希望。

忽然楼下的胡同里响起了卖油麦菜的声音，那音调苍老但沉郁洪亮，是那个卖菜的老人又来了。他每天都会来，骑着陈旧的三轮车，乐呵呵地卖自己种的菜。过了一会儿，胡同里又传来了吆喝声，是个女子的声音：又大又甜的新红薯哦！

一下子把人又拽进浓烈的生活中，让人想到海子的诗：从明天起，做一个幸福的人。喂马，劈柴，周游世界。从明天起，关心粮食和蔬菜。我有一所房子，面朝大海，春暖花开。

每个人的内心上都该有这样的一所房子，可以出世，亦可以去入世。

我希望我心灵的房子上开着一扇绿色的窗，无论何境何遇都如一句戏词里所唱：到此时，我已绿窗人静。从而，庄重地写下对人世的体味和感动。

# 从心而选，行之不悔

简媜说：“像每一滴酒回不了最初的葡萄，我回不了年少。”像那些纯真无惧的快乐年少光阴一样，可有几人坚持了最初的理想？有几人活回了最本真的自己，做自己最喜欢的事？

无邪真纯的时光里，我们都曾坐在明朗的窗下被问及理想。然后端然而立，豪迈万分地大声回答。或者拿起笔，郑重其事地写在宝贝的上了锁的日记本上。那时真是心怀阔大，仿佛世界是自己家的。

无邪和真纯渐渐蒙上了时间的尘土，模模糊糊的。从少年到了青年，岁月把我们变得强大而自主，内心有了自己真正的想法和主意。而最初的理想却不是更坚定了，很多事情和选择都披着诱惑的衣，抑或附加着一些现实的无奈。

及至到了真实的社会中，面临的选择就更多了，处处是路口和抉择。年少的理想成了遥不可及的梦想，或者干脆被遗忘在了光阴的爪哇岛。“生存，现实，没办法，无奈……”成了毫无新意千篇一律为渐行渐远的理想所开脱的借口。有人说朋友是走着走着就丢了，而那当初的理想又何尝不是像一位老朋友那样和如今的自己相忘于江湖?

然而这样的我们真的很不快乐，非常不快乐。年岁愈长，那种痛苦的力度愈深遂而猛烈。我深深地体味过这种茫然无措，痛到麻木的境界。都说男怕入错行，其实每个人都怕选择了不对味的行业。我大学毕业后，做过好几份工作，换来换去，基本上都在商业圈这一行当。那几年的时光，真是不堪回首，浑浑噩噩。每天麻木地上班、下班，晚上看一些无聊的电视剧。周而复始，神情呆滞。年纪轻轻，却是暮年心境，疲累不堪。更不知理想为何物。

后来结婚有了孩子需要照看，又是几年的时光昏昏而溜走。孩子去了幼儿园，我思来想去，重归社会，只能还做当年的行业，因为别无技能。就在我为工作而焦灼奔走的时候，偶然间看了木心的书。书中的一句话深深触动了我的神经，让落满尘埃的少年理想苏醒。木心说，我发现很多人的失落，是忘却了违背了自己少年时的立志，自认为练达，自认为精明，从前多幼稚，总算看透了，想穿了——就此变成自己少年时最憎恶的那种人。

十多岁时喜欢上读书写字，少年的心气高旷，曾要以文字安身立命。直到看了木心的书，我才知道自己不快乐的真正缘由，是背弃了年少的初衷。而当一个人有了真正喜欢的，甘愿为之的事后，那些喜和忧，因此也就有了坚固的根基。每一天朝阳的升起和降落，有了期盼和底气，还有信心和活着的激情。

有朋友也是如此，年少时喜欢书法，他非常想读师范，可一边教书，一边研习书法。然而他家贫，为改善家境，当年报考时他违心而选了经济。毕业后去南方经商，多年商场征伐，处心积虑，他早已忘却了如何握一支毛笔，忘却了窗明几净，那份单纯的心境。可是，当他的生意正如火如荼的时候，他却突然放下了眼前的繁华和叱咤，回故乡老宅，建了几间宽敞的屋宇，守一方庭院，清心淡泊，每日在一扇明窗下愉悦地练字。曾有人劝他三思而行，他只答了八个字：从心而选，行之不悔。

这样从心而选的结果无非两种，要么在喜欢的事情上有所造诣，要么一世平平，安然自足。行之不悔。正如胡兰成所说，天地之间有成败，长江之水送行舟，从来送胜者亦送败者。胜者的欢哗果然如流水洋洋，而败者的谦逊亦使江山皆静。

起码问过自己的心，活回了自己。

# 八月诗禅

月令如一首十二行诗，月月似行行，截然分明又各有味道。抒写到第八行的八月，算算已到三分之二处，曲折精彩已过，大意明了，渐至平缓。

极像我们的一生。少年、青年、中年、老年，密密地排列着。立秋站在八月里，仿佛掀过它，便一下子圆熟通透了。人生至秋，该放下的已放下，不再偏执，不再虚妄。即使再不堪的命运，也看明白了，日子如山涧里的溪水稳稳地往低处流去，清宁透亮。

六月莲灿，七月兰桨，八月诗禅。八月，更像是一朵净水濯洗过的白莲，花开洁白丽灿。它的前生是莲，今世是莲，佛前的莲，日日听晨钟暮鼓，佛祖的慧言。

禅意袅袅里熏出的风是洁净干爽的。清晨，前后窗对开着，刚刚擦完的地面似乎瞬间就干亮亮的了，真好。

搁在往常，夏日的溽热里，一切都是黏糊糊湿哒哒的。新擦的地面如同一个爱出汗的人，湿漉漉的一副水面目。转回身踏上去，一串黑脚印像印在了雪上般清晰，如同黑色七月的心情。便搬来风扇，旋开最大档，把它的头放得低低的，对着吹。似乎只有这样，才能吹散内心的潮郁。

进入八月，蓦地黑白分明了。俗世的小日子跟着房间一起敞亮了起来。

鸟声如洗。窗外廊檐下，有一个鸟儿的家，土褐色的泥窝，几只鸟雀挤在门口叽叽喳喳的。恍以为是在春日的早晨。不对，春天的鸟声，婉转悠扬。这清清亮亮的鸣叫像是在清水里洗涤过一样干净，它是八月的，心清心明的八月。

对面楼上的人家在洗衣服，走廊上花花绿绿的一长排。阳光金亮金亮的，铺洒开来。洗衣的女主人提着刚洗过的出来晾，竟然热情地向我说："这天气好得没法说，不洗衣简直是一种浪费。"她干脆倚在栏杆旁，隔着一条马路，闲闲地和我聊起了阳光。八月的阳光依然是亮烈的，而转来转去，我们说的总是它的好。

天高云淡，晴空如洗。你根本想不到一向给人灰色印象的京都还有这么白亮亮的一面。八月的北京总是会给你出其不意的惊喜。

公园里，几个孩子躺在草坪上，小脑袋围成了一个圆，扬着小手对着天空指指画画。一个孩子说："云真软呀，像奶奶种的棉花。"一个孩子说："云真白呀，像雪一样。"另一个孩子抗议道："都不是，云像胖胖的棉花糖，好甜呀！"

我们坐在不远处欢欢喜喜地聊着。我说："良辰美景呀，咱们去爬山吧，去曹雪芹故居吧，去大观园吧……"那位空前的豪爽，望着空阔的蓝天白云，说："把你想去的地方都列下来，我带你一一践行。"八月的天空下，似乎每个人的心都涂满了诗情画意。

傍晚时，那个卖菜的中年男人的声音响亮地在巷子里流淌。我下楼，他正坐在车前，笑眯眯的，像慈眉善目的弥勒佛。他说：“姑娘，买大蒜呀。”他总是喊我姑娘，无端让人生出一种亲切感。

他的车上齐整地码着亮白的干蒜，一盘盘，编着大辫子。这是他自己种的。他种的瓜果蔬菜很多，有什么卖什么。

这个普通的卖菜男人，你绝对想不到他曾经有过多么辉煌的过去。三十岁已经叱咤商场了。四十岁时，一次失误，全盘皆输。他没有东山再起，而是到市郊包了一片地，种菜卖菜，过起了清苦，但稳妥悠闲的日子。

我替他抱屈，他却很淡然地说：“姑娘，你到了我这个年纪自会理解的。”

# 一杯水的时光

那时不懂，总觉得时光是一根绵长的绳子，扯不尽。它松松软软堆叠在角落里，生了尘。

父亲则不同，他的时光是一把锋利的刀。光芒四射，披荆斩棘。他拿着他的刀，常常是霜露沾衣，带月而归。

犹记得那些夏日晚上，父亲拖着疲惫而回，愁容满面，一进门就对做饭的母亲说，真快，又是一天，花生地里的草还在疯长。他心心念念的是他的花生地，那时光与杂草可着劲地赛跑。父亲不得不加入这场赛事。吃过饭收拾停当后，他就在小院里放上一张小桌，凉一大杯开水，再搬上一把椅子，拿一把蒲扇，这一刻才真正停下他的忙碌。四围里夏虫在鸣叫，漫天的繁星，还有孩子们的笑语声，他的一颗心也舒展开了。有时候会莫名其妙地笑，有时候会亲昵地摸摸我们的头，有时还会给我们讲他小时候的趣事……杯子里的水尽了，父亲也要起身回屋了，一天的日子不管如何就在这一杯慢悠悠的水里画上了圆满的句号。

而我的时光是一连串的感叹号，极慢的，拉下去很长，最后才点上一点，算收了尾。我常爱在门后计量身高，站过去，用小刀在门上头顶的高度划一道。过几天，再去比量，还是在那个地方，时光慢得像静止了一样。

大一点儿出去求学，那光阴仍是慢的。我慢腾腾地吃饭，慢腾腾地上课，慢腾腾地抱着一本书在校园里闲晃。渐渐地也养成了慢的脾性。

后来，我毕业了，转换到了真正的战场。时光那根拖拉松散的线一下子绷得紧紧的，每个日子都像是一场激烈的战斗。从早上令人恨得牙痒痒的闹钟响起，我就被上紧了发条。急匆匆洗漱，等车，挤车，在九点之前的几十秒里冲刺到打卡机前，这是一个惊心动魄的过程。然后开始一天繁忙的工作。忙碌间时针指向五了，头昏脑涨，下班，迷迷糊糊等车，挤车，去市场买一把菜。回去后又急急忙忙做饭，做杂务，等把自己扔到床上休息一下的时候，看看表，都要九点了。电脑是没心思再玩了，看看电视吧。在那一片噼里啪啦的喧哗声里，不知何时已睡去。

一段时间后，我吃不消了，身心俱疲，焦躁不安。日子枯燥干瘪，身体失了水分，也失了心。有一天，在办公室里，我把喝剩的半杯水随意地倒在了要枯死的花上，过了几天那花竟活过来了。我恍然大悟，我觉得我和它有着同样的命运。它需要水来活命，我亦是。快节奏的生活，水，不仅是健康的保证，而且可以清润焦躁的内心。

之后，我弃了电脑，也弃了电视，学起了父亲的样子。阳台上摆张桌子，放杯水，搁本书，坐在那儿享受静谧的时光，或者看几页书，心慢慢地清静下来了。我也终于明白了父亲，忙碌奔波的日子，给自己备一杯水，一点儿安慰，一点儿时光。在一杯水里，一天的忙碌就有了意义，也让我们知道了活着的不易和美好。

# 秋水长天

几年前在网上读到洛阳作家梁凌的《一水碧琉璃》，印象深刻，尤为喜欢。她把黄河上游坎布拉水的清澈的美形容成一水碧琉璃，并附上了她拍摄的一张照片。看了文字，又细细打量图画，觉得她的比喻特别精当。

她在文字里这样写：近看，它是动态的，水面漾起一道道波纹，灵光闪动，它照不得别人，只能照出它自己的表里澄澈，它比玉透亮，比镜子单纯，只能是琉璃。

近来，秋意渐浓，前天散步时路过水塘，凉风掀起清澈的水波晃动，想到了“秋水”二字，想到了梁凌笔下的“碧琉璃”，想起了坎布拉水的美丽照片。我立在水塘边，望着静中韵动的清凌凌的水面，不忍挪步。

然后，我如同一个心急的孩子，拿出手机，打开百度搜索，敲敲打打，提出《一水碧琉璃》，重温梁凌笔下描摹的琉璃美。

这一次阅读，我被她的另一个恰当的比喻所击中。她说：“亲爱的，说起我们的女儿，突然就想起她的笑。在她还是婴儿的时候，常看到她的笑，无缘无故地，张大了嘴，一望无牙，我说人世间，再也没有东西，能比拟她的笑。这时候，我望着碧水，突然就想起，她的笑，干净而纯粹。”

而我突然就想，她一定是秋天去的坎布拉，只有秋天的明净秋天的水才会给人这样婴儿般干净而纯粹的感觉。诗鬼李贺《唐儿歌》中写“一双瞳仁剪秋水”，古人也常用“秋水”比喻清澈的眼波，用“秋水伊人”形容美人。可见，秋水代表着一种纯净的美，无瑕如琉璃。清邓石如有自题联曰：“春风大雅能容物，秋水文章不染尘。”这世上，大概也只有婴儿的笑容可以像秋水一样不染尘埃吧。

就在那时，当我看完碧琉璃，关掉手机，一抬头，遇上了净明高远的天空。晴空如洗，真的就像是在秋水里浣洗过一番。晶亮透彻，空阔绵远。置于这样晶阔的长天下，整个人似乎也变成了一块透亮的琉璃，心境也开阔明亮起来。思及尘世的欢乐和忧伤，都不值一提。

“晴空一鹤排云上，便引诗情到碧霄。”此刻，什么都不必做，只静静望着长天，把沾满尘埃的心像天空一样放空明，把尘世里遮蔽的一腔诗情随仙鹤一起飞往碧霄。该放下的人生负重在此时就放下吧，负累重重的人生走不远，也飞不高。就像这秋天的长空，因为空澈，所以高远。

《滕王阁序》里，王勃以简单的四个景象：落霞、孤鹜、秋水和长天却勾勒出一幅宁静致远，意境深邃的画面——落霞与孤鹜齐飞，秋水共长天一色。其实静下心细想，我们在尘世里辛苦地活着，最终追求的也是像自然界的季节一样，活出一份和谐、一份秋水长天的清澈阔远、一份意蕴。也许这就是意义。

# 一片秋心自在明

秋天雨水多，出门的时候是备着雨具的。回来的中途果真遇上了风雨，雨势有点儿急，风有点儿大。尽管有雨具，风还会吹在身上，雨滴还会落在衣裳上，凉凉的，几丝寒意。我们骑着车在风雨里驰骋着，心里无半点沮丧怨愤，甚至是欢悦的、兴奋的。

谁的一生会一直顺顺畅畅，晴空丽日呢？也不会总是春暖花开，葱茏似夏。人生中这点风雨算什么，而正因为秋风秋雨才让生命充满了曲折和回味的诗情禅意。且不管，我们只是想起了苏轼的《定风波》，就那样在风雨中一路欢快地聊着：莫听穿林打叶声，何妨吟啸且徐行。竹杖芒鞋轻胜马，谁怕？一蓑烟雨任平生。料峭春风吹酒醒，微冷，山头斜照却相迎。回首向来萧瑟处，归去，也无风雨也无晴。

回去后，好心情也回味三匝。晚上晚睡了一会儿，打开手机，看到的都是关于秋天的消息。一个我喜欢的微刊《读美》最新一期的主题是旅程，翻到末尾处时看到下一期的主题为秋心，立时惊喜不已，旅程和秋心恰恰契合了这令人回味隽永的一天。

“秋心”当是秋天的心，心境，心绪，而只看这两个字的组合，最先映入的是吴文英的那首叫《唐多令》的词：何处合成愁。离人心上秋。纵芭蕉、不雨也飕飕。都道晚凉天气好，有明月、怕登楼。这词实在伤感，秋心是离人心上的愁，不雨也飕飕。少年时极喜欢的，为赋新词强说愁的年龄总爱拉拢一些感伤的词汇。如今不喜了，春荣夏绚烂都是过眼云烟，人世无常平常心视之。而今欢喜的是那一句：天凉好个秋。

有一个成语叫伤春悲秋，春天的确是令人伤怀的，大好春光，指头繁花，短暂易逝，转眼成空。而这里的“悲秋”，却不是悲伤的悲，它该是慈悲的悲。秋天是慈悲的。正得秋而万宝成，它赋予尘间万物以成熟圆润的姿态，秋水长天无尘埃的明净空阔与通透，静水流深的含蓄与自知。哪怕秋风秋雨吹落叶，也透出切切悲悯和殷殷禅意。

读书时学王维的《山居秋暝》，课堂上只顾看小说，未曾认真听老师讲解，只觉得句子好，一味死记硬背。而历经一番风雨，渐至人生之秋时，再拿起王维的诗，是另一种人生况味。“明月松间照，清泉石上流。”明月，清泉，人世间还有什么比此更惬意的景象吗？当人世风景遍看透，我陪你看细水长流。华年岁月更，秋心季节生。追来转去，要的不过是这样的素常。不是华年，处处如华年。

张岱曾盛赞王维“如秋水芙渠，倚风自笑”，王维是担得起的。他是怀着一片秋心向人间的，看得见“长河落日圆，大漠孤烟直”这样的盛景。他说，我心素已闲，清川澹如此。他的心安闲静谧，空阔清透，装得下日月江河。

最喜一则谜语：秋心两半，一半明媚，一半忧伤。打一个汉字。有人说谜底是愁，也有人说谜底是明。我愿意相信它的谜底就是明。左边是日，右边是月，恰是一半明媚，一半忧伤。一片秋心自在明。人生到了秋天，自是越活越明朗。

# 凉风起天末

夏日央央，秋意已弥漫。草树依旧峥嵘，到底是已见苍老之色，叶片周围或卷起或枯干无力。狗尾巴草摇曳，风烛残年，阳光下细瞧，针尖似的泛着锈红——那是它开的花，像老祖母想起旧事时，满是皱纹的脸上漾起的浅浅喜悦，浅浅忧伤。天空净明，高远无休。相熟的人见面都急着说，天凉了，要添衣。言辞间处处是秋色。

思想也赶来凑热闹，一派秋天的气象。屋子里收拾家务，电脑前坐下写字，脑海里晃悠着多年前的老课本。记得清晰，就在一篇课文的后面点缀着海子的一首小诗：秋天深了，神的家中鹰在集合，神的故乡鹰在言语。秋天深了，王在写诗。在这个世界上秋天深了，得到的尚未得到，该丧失的早已丧失。

近来的日子，这首诗如影随行。想它的时候，我内心里有时候像秋天的长空一样，万里无云，明净如洗。有时候，内心的悲伤又像秋天的一潭静水，暗涌流深。秋天深了，季节深了，岁月深了。

郊外的苹果园挂满了累累硕果，叶子稀疏，远远地就看到满园苹果丰收。门前的石榴树上红石榴端庄大气，恣意安然地倚风自笑。昔日闹哄哄的一树繁花留在了过往，世间万物都在以成熟的姿态活在当下，眉目清晰，端然疏朗。

所以，海子说：“在这个世界上秋天深了，得到的尚未得到，该丧失的早已丧失。”海子的内心是忧伤清明的，而我是矛盾的，左手执矛，右手执盾，茫然无措。

得到的是一捧岁月垒叠的年龄，丧失的实在太多，锦瑟年华，澹荡好时光，一份感情，一段友谊，都再也寻不着，回不去。春走了，夏去了，到来的世界是一派秋高气爽，丰收的好景象。而青春已逝，奔走在人生之秋路上的我却不曾如自然季节一样秋高气爽，如植物，如门前的石榴树凭着收获的底气自在地倚风而笑。

傍晚出门，秋风起，凉意袭身。望着身边清旷的景象，杜甫的一句诗总要固执地蹦出来，然后我在心里一遍又一遍和着秋风默念：凉风起天末，君子意如何？

这是《天末怀李白》，当时李白因永王李璘谋逆案牵连系狱而至长流夜郎，途中遇赦还至湖南，杜甫赋诗怀念友人。

秋意萧萧，我念起这样的诗句，不知道该想念谁？似乎一个也没有，似乎又有很多。一段路途，总能碰上几个脾性相合的挚友。到后来也总要离去，总要散场。一场开始一场离别，该丧失的早已丧失，得到的也会失去。及至多年后，散落在天涯，活在各自的江湖里，遗忘或偶尔想念。

到最后，白茫茫大地真干净，想怀念的人，茫然无措地想了半天，山长水阔，一个也没有。那就念给自己听吧。

这句诗的后面是：鸿雁几时到？江湖秋水多。海子终究看得清明，早早结束了年轻的生命。丧失的已丧失，得到的未得到。而若我般的凡夫俗子，到底是懵懂的，贪恋着尘世间那相聚时的点滴暖意，明知道前面是江湖秋水，偏要一意孤行。

在这个世界上，得到也好，失去也好，到头来不过“菩提本无树，明镜亦非台。本来无一物，何处惹尘埃。”执着于得失，一切都是自寻烦恼。

# 简净时光

年少的时候时常听年长一些的人感叹，走着走着就把自己弄丢了。甚为不解。那时我尚在明净的校园，图书馆里的书架前流连，天地净明，时光悠长。

而光阴就像一个旋转的光轮，我们都躲不过时光劫。年少，成了一个令人怀念的名词，它的无忧无惧，净明无邪如澄澈的溪流，喧嚣和聒噪的世界里再也无缘听到溪流的清澈声。红尘里渐走渐深，也与最初的那个自己渐行渐远。弄丢的不仅仅是自己，还有当年的梦想，洁净柔润的心。

和昔日的几个同窗好友聊天，他们也纷纷向我说起如今的生活，“除了上班就是孩子，感觉已经没了自己的生活”。多数人的状态都是如此吧，浮世里忙忙叨叨，要谋生，要照顾家，要打理万丈红尘中和自己息息相关的一切。我们甚至不清楚自己在忙什么，就这样被点点滴滴的鸡毛零碎，大事小事，一并推着赶着往前奔，天明天黑，天黑又天明。

在某个猝不及防的刹那，一抬手却摸到了眼角的皱纹，再看看镜子中的笑容，是多么牵强和贫瘠。老，似乎就是这么一瞬间的事，也似乎像是蓄谋了很久很久。那是一场无关年龄的衰老，它是看不到自己，看不到希望的匿迹。像小树苗没有清新的气息，小鸟没有了飞翔的能力。

后来，无意中打开了一个多年前自己的博客，名字叫岁月静好。博客真的就是为自己而建的，一个朋友都没有加，也关闭了一切来访，只给自己一个宁静的栖息地。记得是刚毕业时，面对纷繁的世事，心累心烦，就为自己设了一个小小角落，躲在那里，享受一下静谧时光。

博客的背景很简单，一片青草地，几朵开得正好的花，两只蝴蝶，翩跹飞舞。没有设置背景音乐，因为我喜欢静，静得只听到花开的声音，蝴蝶飞舞的声音。

从哪一天开始我把它遗忘了？好像是为了做好一份工作，好像是被人牵起手走进了更为烟火的婚姻后，我似乎就不曾再打开过它。正如朋友们说的那样，庸庸碌碌的生活下，没有了自己，也没有了真正的快乐。

迷茫和苦闷，大概是上天为我们设置的路障和鸿沟。好在我们一直在成长，像我最终又打开了那个叫岁月静好的心灵角落一样，我又打开了自己的心。兜兜转转，当我再次在图书馆里的书架间流连的时候，我的心立时莹润透明。我紧紧地拥抱着文字，像拥抱上天赐给我的解疑释惑的密码。

昔时一起读书的朋友说我幸福，心里依旧那么的平静。而只有我自己知道，我曾深深地痛苦过，迷失在光怪陆离的俗务森林中，一点一点挣扎着寻找出口。

我跟朋友说我没有丢掉初衷，又抓住了文字，是置之死地而后生，便可想象到我当时的境地。有人说，初衷是奢侈的梦。那么，我是多么幸运，可以做自己喜欢的事，把奢侈的梦一个字一个字从笔下排列开来。

白音格力说：“愿最后能把自己写成月光、清风；平平常常的日子，依旧爬山，看花，睡在草木人间。”把自己融入文字，写成月光，清风，这也是我的简净时光，草木人间，闲淡美好地过着平常日子。

愿滚滚红尘中的每一个生命都幸运地找到自己的简净时光，天地净明地活着。

# 像霜花绽放

风刀霜剑严相逼。霜，带了兵戈气，八面埋伏着。节气是王，一声令下，十月二十三日，席卷万物。古书上说得明白——霜者，天之所以杀也。要多狠有多狠。

繁霜涌过来，草枯木凋，一片肃杀。《诗经》再美，也抵不过这一场严霜，苍苍蒹葭，晶莹的露珠守不住底线，凝结成霜。

霜降落，算是使舒爽的秋来了一个凄凉的转身。已凉天气未寒时，从此属于过去式。天气冷下来，着单衣就冷飕飕的了。开始缩着脖子抱起臂，自己温暖自己；开始像动物们一样，窝在窝里宅着。

有比雪上加霜更凄冷凄绝的事吗？那个唐朝的张继偏偏就赶上了。数年苦读，一朝落榜，够悲催的了。偏偏今晚，他的客船途经寒山寺外，月沉乌啼，寒霜布满天，真是让人寒到骨头里。后来，毛宁唱“月落乌啼总是千年的风霜”，听起来还是会心痛，哪怕隔了千年，风霜还是无情。

老家有俗语，霜打的茄子——蔫蔫的。多形容一个人失了精气神，颓迷的状态。霜，可谓无处不侵，多霸道。

霜降，是节气，是自然界的正常现象。倘若这霜降到人的脸上，就可怕了，就不正常了。脸若冰霜，太冷太寒。我多数不敢直视，低眉垂首，战战兢兢，唯恐一不小心招惹了那霜剑，杀得我体无完肤。当然，如果遇到这样的霜脸，更多情况下，我会溜之大吉。

小孩子纯净无邪，不懂世事，对霜倒是抱着极大的热情。小时候，最大的乐趣便是对着那一窗霜花。早早就醒来了，窗户离我的床极近，央母亲拉开窗帘，我就躺在暖暖的被窝里，看着窗户上结的一层白霜，天马行空地想象着。有时候，会爬到窗台上，在霜上画画，画一种不知道叫什么名字的六瓣花，似乎儿时都钟情于那样的花朵。然后，非要母亲看——春天的花儿开到了窗户上。

霜给我留下印象最深的一次是和奶奶去亲戚家赴喜宴。头天晚上就去了，住在了另一亲戚家里。不知道为什么第二天早上起得很早，奶奶拉着我随着亲戚出门，眼前的世界竟一片苍茫的白，房顶上、树上、地上。还有薄薄的雾氤氲着。亲戚和奶奶絮叨着——下霜了。原来是霜，真好看。我本来瞌睡的眼顿时精神了。那时我正迷恋古装电视剧，此时和电视里的仙境一模一样。亲戚家门前路不好，旁边还有一个无水的浅塘，深一脚浅一脚，我却走得欢欢喜喜。多少年了都不曾忘记。

忆起旧事时，才蓦然惊觉霜原来还有温柔美好的一面。“停车坐爱枫林晚，霜叶红于二月花。”真的是这样，北京香山的红叶，要等到霜降过后，十一月的红叶尤其好看。

不仅红叶需要经霜，人亦如此。在风霜里摸爬滚打一圈，又站起来的人，行事说话，就会格外不同，格外有味道。

这威严凛冽的霜极像人生，像活着。那么不容易，险象环生，稍有不慎，就落个一失足成千古恨。可是，它背后却潜伏着一程又一程的好风景。也像河豚，有毒却是世间美味。但，好儿郎浑身是胆，即使前面刀光剑影，万丈深渊，我们还是要赴一场与霜的约会，看看生命是如何在严霜之上绽放出美丽的六瓣花。

# 寂静之冬

物候转换到冬天，季节宛若脱胎换骨一般，变得寂静安恬。像熟睡的孩子，心思洁白，纯净安然。只是玩累了，收起活力和光芒，歇一歇，养养精神。静静的、寂寂的，一点儿也不寂寞。

郊外的旷野上，也是一片寂静。说旷野而不说原野，是有缘由的。冬天的景致称得上一个“旷”字，又悠远又开阔。一向默默不语，扎根旷野的树更加岑寂了，擎着或粗壮或纤细的枝桠，朴拙地望着四围。叶子落光了，远远地却看到有鸟巢稳稳当当地屹立于枝杈间，小小的灰色的房子，寂静无声。

前方的电线杆上，几只小麻雀蹑手蹑足地转来走去，却是悄无声息的。见了人，不慌乱，也不急着飞走躲避，你来与不来，似乎和它们都不相干。我先自不好意思起来，怕打扰了它们的清静，放慢了脚步。

路边曾经的萋萋芳草都枯黄了，裸露着褐黄色的泥土，依然一副不惊不诧，不慌不忙，寂静安然的样子。想起了“春风吹又生”，兀自笑了。慌什么呢？来年的一场春风，又是芳草萋萋，更行更远了。这寂静不过是一时的沉淀罢了。

抬头望天。野旷天低树，灰茫茫的寂静，无云、无鸟、无飞禽。天似穹庐，低低地盖过来。又极像一床厚被，覆盖着大地上的万物，休养生息。

冬天了，该收藏的收藏，该冬眠的冬眠。大街小巷也寥落了，寂静了。做铁板烧生意的那家关了门，回老家过冬去了。门前寂寂的，结了一层冰。昔日热闹的盛况，桌子摆了半条街，笑语欢颜，推杯换盏，似在眼前，似乎又很渺远。巷口里那个爱听戏的大妈，常常坐在门口，锣鼓声声，咿咿呀呀，好不热闹。如今那门口安静得很，风声呼呼而过，大妈的屋子前挂着厚厚的门帘，也安静得紧，想必她是在围着火炉美美地絮叨着旧事或者打瞌睡吧。

一场雪下来，银装素裹，冬天就更寂静了。“日暮苍山远，天寒白屋贫。柴门闻犬吠，风雪夜归人。”犬的吠声与“鸟鸣山更幽”一样，让风雪之夜愈加静寂了。倘若有雅兴，亦可以学学张岱，兴致起时，湖心亭看雪，欣赏“天与云与山与水，上下一白”的美景。冬天的寂和静，冬天的空阔与包容，你大可任性一回，雪夜访友，湖心赏雪。

没有雪也好，薄暮时分，绿蚁新醅酒，红泥小火炉。邀一知己好友，窗下对饮，语言是多余的，只一个眼神便明了心意。轻轻地酌着，望着窗外云天，抛却琐屑烦恼，静享冬日里的宁静时光。

冬天是寂静的，天静、大地静、树静、雪静、人静，一切都是静的。冬天是不寂寞的，世上的万物都在它的寂静里寂静了下来，默默地陪着伴着它。

聂鲁达在一首诗里写：我喜欢你是寂静的，好像你已远去。你的沉默明亮如灯，简单如指环。你就像黑夜，拥有寂静与群星。你的沉默就是星星的沉默，遥远而明亮。这恰恰也是我想对冬天说的私语。

# 辑七／花开天下暖

天下父母的心都是棉花做的。一个又一个冬天，我们被包裹在棉花的洁净，棉花的暖里，像在父母的手心里。物候如何变换，棉花始终肩负着“飞雪冰冬暖万家”的大任。

棉花其实是一种棉，是绵绵密密，是人间大爱，是度众生脱离冷海的佛。

# “贼”的名字叫女儿

父亲从故乡来我生活的城，在亲戚家的公司上班。不久，母亲也来了。有父母的地方就是家。因此，父母暂居的小小出租房，虽远离故土，也成了我最亲切温暖的娘家。

在以往，他们都在故乡，那么迢迢的距离，也只有逢年过节的时候才会回去看他们。一年一次。平常电话，母亲话多，叮嘱来叮嘱去，不放心在外的孩子。而今较过去近了，仍然也隔着几十公里。不过，每隔一段时间总要回一趟娘家。

如此来来回回，一年多后，我发现了一个有趣的问题。我父母家的东西总是在少。我每去一趟，美其名曰看望他们，实则是让他们忙乱，忙着做好吃的，忙着为我收拾东西。母亲做饭，我在屋子里转悠，父亲跟着我，只要我眼光略一停留，他便不住地说：“这个，等会儿你拿走，那个等一会儿也拿走。”忙着做饭的母亲也笑着说拿走，有时候竟丢下做的饭，跑过来帮我收拾。

我家的东西越来越多。一天，我打扫完屋子的卫生，坐在客厅里喝茶，瞅瞅周围，发现很多都是娘家的。桌上的茶叶是的，鱼缸里的金鱼是的，那把小扇子是的，那瓶酒是的。我到卧室看，写字时坐的椅子是的。父亲有一次来我家，见我的凳子不舒服，我再去时，不知他何时已悄悄把他自己刚买的椅子装在了我们的车上。我平时去图书馆借书用的绿色的大手袋也是的，又结实又耐用。孩子的大风车，大风筝，两箱玩具都是的。到厨房看，更多了。那袋大米，那包野山菌，那一兜苹果，那几个猕猴桃，那一袋核桃，那一包海棠果……

每回到娘家，父母都不会让孩子空手而归。起初，我不要。可是他们却一脸的失落和惆怅。而当我欣然接受的时候，他们舒展了眉头的忧郁，满脸的笑容和欣慰。那时我豁然明白，他们是甘愿为孩子付出的。当他们养大孩子之后，并不斤斤计较于回报，而是又以另一种方式默默表达他们对孩子的爱。

那一次，我看着母亲帮我收拾东西，此情此景，突然想起了故乡的俗语，只记起了大概意思，我笑着刚表达出大概，母亲就笑着说："那叫闺女都是娘家的'贼'。"母亲又说："你忘了，你们小时候去你姥姥家，你姥姥姥爷对我们不也是这样吗？"说着，我们都笑了。

原来世上的亲情早已自古如此，女孩子出了阁，不是变成了娘家的客人，而成了娘家最贪心的"贼"。

前几日，亲戚给父母送了两盒新疆的和田大枣，父亲立即给我打电话让我空闲时回娘家取枣。嗬！谁说女孩儿是父母的贴心小棉袄？在这个凉薄的世间，是父母给了我们最深的温情。娘家是我们这群女儿"贼"最贴心最大度最无私的主家。

# 春　气　息

院子里的樱桃树最先透露了春气息。嫩绿的小芽芽绽在褐黑色的瘦枝上，发出咯咯的笑声，又调皮又有意思，像孩子撒着娇在母亲的怀里玩耍。

母亲怕碰疼了它们，很谨慎地扶着樱桃树的枝桠，缓缓地低下头，深情地去嗅那些嫩芽。母亲温柔地抚摸着樱桃枝，笑着说："春天了，你闻闻。"

有几丝风路过，我只穿了一件薄夹袄，并不觉得冷。记起母亲说过，春天的风不沾身，果然是如此。何止是风，春天的一切都像母亲，永远是暖暖的，柔和的，蓄满了爱意。

我学着母亲的样子，俯下身，去闻那些可爱的嫩芽，去嗅春天的气息。一股淡淡的，似有若无的，清新的味道飘上来，让人觉得头脑舒爽之余，还特别舒心踏实。像小时候和母亲去赶集，走散了，又突然看到了母亲的身影，闻到了母亲的气息。也像每次外出回来，看到母亲守在大门口等我们回家那样喜悦和心安。

我也轻轻抚摸着樱桃枝，把嗅春天的感觉讲给母亲听。母亲笑了，春风里她花白的发有几根在笑着飞舞。她说，她闻到的春气息是我们姊妹几个身上的，就像每次看到我们从外面归来那样令她开心。

可是一年里四季分明，春天的到来总是有时候的。孩子们犹如鸟雀，长大了渐次高飞，归来的日子也是有时候的。在大门口守候我们归来的母亲，一日又一日在暮色里落寞孤单着。

在去年的春天，小弟也确定留在外地工作后，母亲种下了这棵樱桃树。其实，那时院子里已经很满了，早已有几棵柿子树、葡萄树，还有一丛蔷薇，剩下的空隙都铺上了红砖。倘若在院子里种下樱桃树，是一个很复杂的工程。然而不知道母亲从哪儿听说樱桃树的寓意是美好和幸福，因此坚持要在院子里种樱桃树。她在院子里选择了一块最向阳的位置，一点点掀去砖头，为樱桃树开辟了一方小天地。

记得母亲栽下樱桃树时，不过是瘦瘦弱弱的干枯的一根小枝条，如今只一年的时光，却健壮了很多，长出了一大蓬，不复当时旧模样了。刚看到它时，着实惊诧了一回，不但女大十八变，树大亦如此呀！而母亲看樱桃树那慈爱的眼神和看我们时的是如此相像，我方明白樱桃树的成长，是饱含了母亲的心血的。母亲哪里是在种樱桃树，她是把它当孩子来养呢。这一年，时常给母亲打电话，母亲说的最多的就是樱桃树了，语气里比往年轻快不少，絮絮叨叨，像带着喜悦说自己调皮的孩子。

叶延滨说：“今年杏花开的时候，又看到他们俩还坐在那条椅子上，一股暖流从心窝流过。这样的小事，就像春天的小草一般，不招眼却散发着春天的气息，青草的气息最是感人，因为那淡淡的草香味里，是生命对太阳的感恩，对大地的依恋。”想母亲日日与樱桃树相互陪伴，一点一滴，都是“这样的小事”，却美好可亲。像母亲与孩子，一边是慈爱，一边是依恋，中间流动的是温暖的春气息。

# 槐花一寸深

想起鲁迅先生写在他的后院墙外，一株是枣树，还有一株也是枣树的时候，我们家屋前的槐树总会一下子蹿过来，不过是一株，在屋的左侧。

这株槐究竟有多久的岁月呢？一个大人刚好合抱过来，树阴匝地，覆盖大半个庭院。槐开时节，一簇簇、一串串，花如珍珠，缀满枝头。幽香四溢，挤出院落，弥漫整条胡同，迎向每一个路人的鼻翼。

听父亲讲起，它是差不多和我同岁的。我出生后第二年春天父亲就买了一棵槐树苗植下了。后来，我知道了江浙一带有生女儿而植香樟树的习俗，就跑去问父亲为什么不种香樟树。父亲只是笑了笑，淡淡地说，咱们豫东平原可没这习俗，我当时只是觉得槐树好养，也开花，而且你一天天长大，大人们忙，刚好可以让它陪着你，不至于太孤单。

的确，我的童年、少年，甚至我前二十年的光阴都是与它密不可分的，点点行行，写满了槐的味道。

最初记起的槐的样子，是细瓷碗口粗，枝叶稀疏，花朵寥落，星星点点。不过，对于一个村落里的孩子来说，它已经是一种很美的花卉了。在左邻右舍的孩子眼里，那也是一种可以炫耀的资本。成长的过程中，因了这株槐，添了多少乐趣！我和我的小伙伴们，槐树下嬉戏、槐树下吃饭、槐树下数星星……且在每一年的春光柔软的下午，常常爱这样玩，一个个伸开小手，用大拇指和食指去丈量槐的胖瘦。年年丈量，年年如此，却不知人在长，槐也在长呀！

其实，槐的好多半在于它的花。在花的国度里，槐花是最具平民气质的吧，王谢堂前不需要它，百姓家里倒是常见。令人叹服的是不仅可作观赏，也可食用，吃起来满口幽香，难以忘怀。在众多的花里，能做得如此体贴周到的也就是槐花了。因此，在过去那吃食不是很丰富的年代，屋前的一树槐花成了最美的期盼。

曾记得，槐花刚展露笑脸时，我已急不可耐，一遍又一遍催父亲搬梯子撸槐花。我站在树下，仰着小脸，四月底的阳光洒在脸上，心里却是一阵紧似一阵，生怕父亲的大手碰疼了花。母亲也在树下，拿着小篮，小心翼翼地接摘下的槐花。然后，母亲清洗，拌面，上锅蒸，捣蒜泥……又是一个漫长的等待过程。终于可以吃了，一阵香甜的清气萦绕，吸一口，已经醉了。因了这树槐，我们每年在它的花开时节都能享受槐花盛宴。然而当我二十岁去外地上大学时，再也没有赶上过它的花期，可是梦里梦外总缠绕着那甜丝丝的气味。

就像人的一生总会磕磕绊绊一样，槐树的一生也不是那么顺水顺风。翻盖新房子时，父亲犹豫再三，还是把它保留了下来。有一年下大雨，屋子漏了，几位叔伯帮忙检修，上到房顶一看，原来是槐树的枝干茂盛，压破了瓦片，大家都建议把树伐掉，父亲愣是舍不得。后来，父亲爬上去，用锯一点点把碍事的枝干锯掉，这才安心。在房屋的左侧是储物棚，因为槐树挡着，父亲每次把那辆机动车推进去都特别费劲，家里人几次三番地劝说伐掉，父亲总是无动于衷。

今年的槐花时节，我带着幼子回家看望父母，这也是十年之后我再次赶上了它的盛开。傍晚和父母坐在槐树下聊天，槐花在微风的吹拂下轻轻飘落。我突然想到了白居易“薄暮宅门前，槐花深一寸”的诗句，这一寸深里该有多少光阴的故事呀！一寸光阴一寸金，这深一寸的槐花又该是多么宝贵！掐指算来，这槐也有近三十年的光阴了，不长亦不短呀！你看，我已远嫁，有了自己的孩子。而槐依然站成了光阴里的风景，情深如旧。花开花落，一年又一年。

我终于明白了父亲始终不肯伐掉它的原因。

# 韭菜的记忆

看洪烛的《夜雨剪春韭》，只觉那绿油油，青嫩嫩的韭菜在心田上不住地摇曳。洪烛说：“若问我春天的滋味是什么，我首先会想到韭菜，而且最好经历过一夜细雨的沐浴，绿得像用颜料画出来的。”韭菜于他是一种美妙的春天的滋味，而于我却是一种美好温馨的记忆。

诗人车前子说：“一到春天，吃也绿油油了。最绿的是韭菜。我小时候不爱吃它，觉得它是药。如不小心吞了一只铁钉到肚子里去，只要生吃一把韭菜，就能把铁钉携带到外。好像是魔术……”我小时候倒是极爱韭菜的，也觉得它神奇，能做出简单生活中的美味来。这缘于母亲的韭菜合子和父亲的韭菜馅扁食。

儿时的乡下，物质是贫乏的，而新鲜青嫩的蔬菜却从不缺乏。每年的春天，哪家的小自留地里不绿油油一片呢？春天的田地里农活不多，母亲得了空闲，便想着法儿给我们做好吃的。当母亲拿着小铲子去自留地割韭菜时，我们都乐坏了，母亲要做韭菜合子了。我们笑嘻嘻地跟在母亲身后，喜悦如田里葱茏的韭菜。母亲一铲子下去，泥土的芳香和韭菜的清香扑面而来，那是春天最好闻的味道了。

回家后，母亲把韭菜放在院子里，一家人坐在一起择韭菜，说笑聊天。廊檐下住着的燕子也回来了，飞来飞去，热闹闹的，好快乐的样子。

韭菜择好后，母亲清洗、调馅、和面、擀面皮，一切准备停当后，我就自告奋勇地担起了烧火的重任。转眼间，锅里已升腾起花生油的浓香，母亲麻利地把包好的韭菜合子放进锅里。而此时，韭菜的清香和油的浓香缠绕在一起，别提多诱人了。我只顾看，却忘了灶内的火，谁知竟掉了出来。母亲却不怪我，赶紧来帮忙。大家看着我眼馋的样子，都哈哈大笑起来。多年后提起，依旧很怀念那香喷喷的快乐时光。

父亲的韭菜馅扁食也很清新美味。那时候，我已在镇上读中学了，每天中午都要回家吃饭。那一回，母亲去外地探望亲戚，把给我做饭的任务交给了父亲。而父亲一向厨房都很少进，能给我做什么饭呢？可是，不承想，中午放学刚进大门口就闻到了一股熟悉的香味。转过墙角，竟看到堂屋的桌上放着一大盘扁食，父亲正坐在旁边，笑眯眯的，吸着烟。看到我回来，父亲赶紧让我尝尝。盘子里的扁食大小不一，形状也很古怪，不过味道却很好。见我吃得香，父亲更开心了。

原以为不会做饭的父亲，会随便弄一些简单的饭食呢，可他却不顾麻烦，做孩子最喜欢吃的扁食。要知道，从择菜到做成，那是一个多么复杂又繁琐的过程呀！后来，每当母亲出去时，脾气急躁的父亲便静下来，很认真地给我们包扁食，竟然包得越来越好了，越来越好吃了。

洪烛在文章里说，在他的家乡南京，有一大发明，用韭菜炒螺蛳肉。他每每赶在春天还乡，即为了品尝此味。哪怕人在天涯，也念念不忘。并说这家乡菜“既有泥土的味道、春雨的味道、夜色的味道，还增添了河流的味道。”母亲的韭菜合子和父亲的韭菜馅扁食，对我来说，也是如此情深意挚。除了有泥土、春雨的味道外，还有浓浓的亲情。即使人在天涯，亦念念不忘。

# 麦田里的守望者

父亲有两个身份，一个是乡村医生；另一个是农民，与泥土打交道，种小麦，种花生，种大豆，兢兢业业，不离不弃，尽一个农人最好的本分，就像他尽一个父亲的责任一样。

父亲年少的时候，长得羸弱，在同伴们不读书或只读几年书的情形下，祖母坚持让他读书。祖母的母爱里以为读书对于羸弱的父亲是最好的出路。父亲心远志高，也乐于读书。然而，家穷，又加上出身不好，祖母砸锅卖铁，父亲也只能读到初中毕业。

接下来的路，明摆着呢，跟着祖父下地种田。父亲却心有不甘。他想到了一个本家的开着药铺的叔叔。实际上，往前回溯，我们这个家族是昔日的望族，世代为医，经营药铺。风云变幻，也只有这个本家叔叔继承了祖业。父亲一番苦想后，为自己找了另一条出路：跟着本家叔学医。

父亲多半的医学知识是在祖父的棍棒和唠叨下学会的。祖父的棍棒当然不会是督促父亲学习，而是阻止。那个年代，读书到底是次要的事，填饱肚子，成家立业才是人生大事。父亲已经不小了。祖父在那样生活拮据的情况下张罗着给父亲垫宅子，建房子。“笃笃”的棍棒敲击在桌子上，却没落在父亲的心上。很多年后，父亲提起旧事，不仅没有埋怨祖父，反而理解一个做父亲的心。

当父亲结婚成家后，祖父完成了他的责任，就撒开手不管了。在母亲的支持下，父亲终于实现了他心中的一个愿望：去县里读了一年卫校，考了一个医师资格证。回来后，父亲开了一个简单的诊所，成了一个乡村医生。

父亲的医术很快在十里八乡传开了，很多人不辞辛苦，走很远的路找父亲看病。父亲也一下子觉得为自己的人生找到了努力的方向。他没有停滞自己，没有停下看书，他希望自己在这条路上走得更远。

可是，他是父亲，孩子们一个一个地降生，让他开心，又让他压力重重。他到底成了一个像祖父一样的父亲，而父亲在孩子面前，永远学不会自私。

依旧朦朦胧胧地记得那个夜晚，月光朗朗，父亲和母亲坐在院子里，商量着父亲的前途。一个难得的进修机会，父亲矛盾重重。第二天早上，当我揉着眼站在院子里的时候，他们还在那儿默默地坐着。父亲突然站起来，走到我面前，摸摸我的头，对母亲说：“把钱留着给丫头交学费吧，快开学了。”

就是这样，在我们的成长和他的前途之间，他一次次选择了我们。到最后，他的理想和前途都蹉跎在了我们这几个孩子的成长上。一年又一年，他从风华正茂的青年走向了两鬓斑驳的沧桑中年。他的理想和前途不再是在医学的路上更行更远，不再是他自己，而是我们这几个孩子。

在我读初二的那一年，我怯怯地问父亲："爸，您让我读高中吗？"那时候村庄里的女孩子已经都不读书了，去南方打工了。父亲很坚定地答我："读，只要你们喜欢读书，爸会一直供你们读下去。"也就是在那一年，父亲关了他心爱的但不能为家里带来丰厚回报的诊所。

他接过农具，接过出外打工的几位叔伯手里的田地，成了一个地地道道的农人，头顶烈日，足踏泥土。不会种田，没有在田地里抛洒过汗水的父亲，也终于在生活的磨砺下，从一个好医生变成了田里的一把好手。

而我们在学校每次填写家庭资料关于父亲职务一栏时，再也不用在医生和农民之间犹豫，简单迅速地写下：农民。然而当我们懂事成人，才慢慢懂得这两个淳朴的字的分量和意义。

每年的六月，是高考的季节，也是父亲守护着的麦田收获的季节。当我们一个个通过六月的考场，读了大学，走向了父亲曾经向往的高远的天空时，一向清瘦的父亲渐渐胖了。他望着麦田里那些黄澄澄的饱满的麦穗，像望着我们的脸庞。他很欣慰地笑着对我们说："你们都是我的麦子。"

在我们的人生麦田里，父亲是我们最忠诚的守护者。

# 花开天下暖

棉花不是花。却有诗人这样赞叹：生，是一朵花；死，亦是一朵花。

是的，是的，如果从观赏的角度来说，它当之无愧。五月棉花秀。六七月间是它的第一次花期，乳白色间或粉红色的喇叭状花卉点缀在一片绿海中，静静地酝酿着心事。虽肖似喇叭，然谦逊得很，不恋虚名，不慕夏花，于碧野云霞间洁身自爱。对棉花，不要生黛玉葬花怜惜的心。棉开二度。它的萎谢，是有预谋的，是为了成全一场更盛大的场面。花落，结实，再绽放。有诗为证：花开犹如雪皑皑，采棉更是景如画。看看吧，多么不凡的棉花，至死都要开成花的样子，入得画来，进得景里。

一个女人的一生大致也是这样的吧：十七八岁，嫩花一枚，仙女一般。然后窈窕淑女，君子好逑。仙女沾染了烟火，跌进了尘里，惋惜声一大片。结婚，生子，岁月里熬煮，尘世里打滚。后来竟慢慢地成熟，圆润，饱满，有味道，上得厅堂，入得厨房，渐至盛放为一朵极品女人花。

诗人叶千华这样写棉花：花开不为人赞美，花放不求谁闻香。只是鲜花送温暖，只是用花做衣裳。仔细玩味，觉得天下父母的心都是棉花做的。

去年的夏天，孩子幼小，我暂居在乡下母亲的家里。一日，父母亲要为正处在旺长期的花生喷药。我见从未喷过药的母亲也背起了药桶，那药桶起码也有百十斤，可是她又那么瘦就劝她。母亲急着走，并未多说。傍晚，父亲背着药桶一踏进院门，我惊住了！父亲的脸，紫红紫红的，肿胀着。父亲大概是怕我担心，只是笑着说，没事的，过几天就好了。我不依，定要他去医院看看。这时，母亲回来了，她告诉我，父亲这是药物过敏，这也是她去喷药的原因。前年我结婚，为了给我用自家的棉花缝制被褥，他们种了两亩棉花。恰逢那年棉花病虫害多，需时常喷药，以至于父亲的皮肤过敏。

原来是这样啊，三年了，他们从未跟我提过一个字。当时，我是那么不懂事，还埋怨母亲给我缝的被子太厚，家里的橱柜放不下。可知，拳拳的父母心都在这被子里了，临行密密缝！闺女要出嫁了，养了二十多年的女儿要去别人家度日月了，舍不得呀！父亲的小棉袄，母亲的宝贝疙瘩，含在嘴里怕化了，捧在手里怕摔了。可一身的犟脾气，此一去，深知人世深浅的他们是万千个不放心。又能如何呢？就让一颗心渗进棉花里一块去罢。在女儿委屈，孤苦无助时，暖暖凉的身，凉的心。

在我们那盛产大豆玉米花生的豫东平原上，如果看到一亩两亩的棉花田，准让人遐想：这家大概是要嫁女儿啦！

菊是花之隐逸者，莲是花之君子。棉花呢，我当它是花中的佛，普度众生。花开天下暖。

记得儿时的天气是极冷的，屋檐下结长长的冰凌，河里的冰放上石磙都压不破，树林里几步就可以滚上一个大雪球。就是这样的冷，小小的身体被包裹在母亲用棉花缝的棉袄棉裤里，越过了童年的寒。

如今长大了，气候倒转暖了，那样凛冽的冬天只存在于记忆里。但，棉花在生活里一样是重头戏，像自己的母亲那样贴心贴肺。它，可织布可纺纱，胜过蚕丝赛过葛麻。所以，那些大小商场里，贴身的衣物，如内衣、床单被罩大都是纯棉的。一个又一个冬天，我们还是被包裹在棉花的洁净，棉花的暖里，像在父母的手心里。物候如何变换，棉花始终肩负着“飞雪冰冬暖万家”的大任。

棉花其实是一种棉，是绵绵密密，是人间大爱，是度众生脱离冷海的佛。

# 桑葚情长

那个时候的乡下，贫穷单纯，散发着泥土的气息，哪有什么水果呢？泥土上的桃子不红，李子又不熟。是桑葚啊，一树一树紫红的桑葚，泥土之上腾起的最可爱的甜蜜精灵，便成了最亲切的思念。

乡野庭院，林间塘前，无论哪里，都少不了它甜蜜的身影。当春天来的时候，村庄里大人小孩整日都该盯着桑树了。田里归来，放学回来，你一言，我一语，他一句，三句话里不离桑树。桑树成了大家在春天以后最热心的话题。桑树抽芽了，桑树长叶了，桑树结桑葚了，桑葚变红了。每一次的发现，在朴素又单调的生活中显得新奇有趣，让寂寥的日子变得快乐而生动。

当大家一层一层去掉厚衣服的时候，桑树便一点一点从光秃秃的树丫努力成繁茂葳蕤的模样。只剩一层单衣时，桑树就满树皆红了。是那种浅淡的红，好看又惹眼。小孩子等不及了，放了学，立着脚，仰着小脑袋，桑树下徘徊，黑葡萄似的眼睛里汪着一泉诚挚的渴盼。大人们路过，看见了只是笑，有时候又忍不住，走过去摸摸孩子们的头，安慰说：“别着急，再等等啊，等熟了，包管吃够啊。”浅红的桑葚还不熟，吃起来无滋味，要等到深红，红得发紫、发黑时，才最好吃，最甜。

短短的等待成熟的日子，却觉得漫长。不知道是哪一天，哪个调皮的孩子最先攀上了桑葚树，大人们田里回来，从树林里过，见一群孩子正提着桑葚大块朵颐，嘴上脸上手上，还有衣服上，尽是桑葚黑紫的汁液，好笑极了。大人们指指这个，看看那个，也不责备弄脏了衣服，只哈哈大笑。孩子们有点儿莫名其妙，摸不着头脑，直到大人们放下农具，坐在桑葚树下，满嘴吃得黑紫时，孩子才爆发出了银铃般的笑声。桑葚成熟的时节，整个村庄上空到处弥漫着这种快乐的笑声，日子像浸在桑葚里，甜润润的。

这些美好快乐的时光都是属于童年里最清晰的记忆。当时光一日日远去，岁月渐老，我们这些腻在桑葚树下的孩子却慢慢长大，缓缓远离，从乡村到镇上，又到县城，又到省城，又到更大的城市。每一步都是远离，每一个念想里都是年轻的梦，要飞往更广阔的天空。与父母越远，与故乡越远，与甜甜的桑葚树越远，与简单朴素的生活越远。欲望是一根生机盎然的藤，无处不攀，满目散乱。快乐再也不是一件简单的事，不是像小时候那样一把桑葚就能把一张流泪的脸变成绽放的花朵。

终于，当我们老了，头发白了，历尽沧桑，尝遍艰辛，看遍世间繁华，于午后静坐，总不期然想起往事，想起那个叫故乡的地方，想起童年的点滴，想起那棵老桑树，想起吃桑葚的酣畅与快乐，嘴角禁不住漾起笑意。这时，才恍然发现，一步步令我们远离的地方，却从来不曾远离。这些年风风雨雨的追寻，不过是试图要抓住快乐的影子，来证明自己。而只有等我们又老成一个孩子时，方明了什么叫落叶归根，什么是桑梓情深。

于是，每一个暮年的游子总是要做相同的梦：在一个炊烟袅袅的黄昏，穿越关山，又回到了那个贫瘠的小村庄。在小时候攀爬过的老桑葚树下，拾一捧紫红的桑葚，嗫嚅着说不出话，却有大颗的泪染湿了鞋袜。

# 粽子的选择

俗话说，手心手背都是肉。可是没有一个妈妈不是偏心的。

哥哥比他大一岁。从小两个人在家里什么都是相同的。一样的碗筷，一样的床铺，一样的衣服，吃同样的饭菜。只是在位置上，哥哥习惯性地在左，他在右。

家里穷，买不起小孩子们热爱的玩具，也买不起小孩子们热爱的零嘴。可妈妈从田里干活归来，会捉两只一模一样的蚂蚱给他们玩耍。也会从兜里掏出一把酸甜的野浆果，洗干净放在盘子里，然后哥哥吃左边的，他吃右边的。

然而，这样相同的环境和条件长大的孩子，性格和体质却是迥然不同的。哥哥似乎生来就弱一些，瘦瘦的，总是爱生病，性格看起来也偏内向，像温室中的小幼苗，像城里没有见过阳光的备受呵护的小王子。而他却是虎蹿着长的，又黑又结实，整天没心没肺地又说又笑，树林子里奔跑，小河中摸鱼。皮实健壮的他看起来更像哥哥一些，哥哥也成了他的跟屁虫。

妈妈总是对他说，你哥哥不如你强势，你是他的亲人，你要让着他啊。妈妈也总是会对哥哥说，你是哥哥，你要知道爱护弟弟啊。

妈妈的担心其实是没有必要的。从小没有不打架的兄弟，不过他们哥俩的感情倒是不错。即使上了学，他们也在一起，成了同桌，哥哥坐在左边，弟弟坐在右边。一起回家，一起写作业，一起看一本故事书。

穷人家的孩子多半都知道刻苦，他们也不例外，学习上的事情从来都不让父母操心。转眼间，他们都读到了高中。那一年，爸爸却摔着了腿，不能再出去打工挣钱了，光靠几亩薄田是无法供他们读书的。月底回家，妈妈犹豫了很久，还是透露出了担忧。他们很懂事，他说让哥哥继续读吧，而哥哥坚持说自己是老大，理当撑起这个家，让弟弟读书。

这是弟兄俩长大以来第一次最强烈的争执，哥哥急得脸都红了。妈妈看着桌上昨天一个亲戚送来的一兜糯米，一把蜜枣，突然有了主意。她对他们说，你们哥俩别争了，我晚上把糯米泡上，明天早上给你们包粽子，吃中蜜枣粽的那个继续上学。

他们都点了点头，这对他们来说，是再好不过的选择。

第二天早上吃饭的时候，饭桌上就多了一盘粽子。哥哥向来有早起的习惯，已经坐在桌前等他了。像往常那样，哥哥吃左边的粽子，弟弟吃右边的粽子。

当他吃完一个，又打开一个，刚咬了一口，就吃出了蜜枣。他愣住了，妈妈一时也愣住了，甚至有几分惊讶。哥哥却高兴极了，似乎是他意料中的事，说，你看，老天爷都要让你读书，你还跟我争。

妈妈那天只说了一句话，行，就你读吧。然后就去忙着干活了。

对于他去读书的事实，在亲戚邻居们看来也是理所当然的事情。

而他和哥哥的命运却是在这件事情上越走越远。哥哥为了照顾爸妈，没有选择出外打工，跟着邻居学起了养鸡。他用妈妈和哥哥种地养鸡的钱读完了高中，又读完了大学，然后留在了城市，有了一个体面的工作。

后来，妈妈生病，需要输血，哥哥把他叫回来，他才知道原来哥哥身上流的竟不是和爸妈相同的血。他是爸爸同事的孩子。当年，爸爸和哥哥的爸爸同在一个地方干活，而他的爸妈因为一次意外不幸离世。爸爸回来和妈妈商量，妈妈觉得他可怜，就收养了他。

哥哥很早就从亲戚的口中知道了他的身世。可他只把这个秘密紧紧地藏在心里，不曾问过爸妈，更不会对他说。他心里知道，爸妈对他真好，比对自己的孩子都好。

那个蜜枣粽的选择其实是有意的。妈妈在那个包着蜜枣的粽子上是做了记号的。她觉得羸弱的哥哥更适合去读书，所以悄悄地把蜜枣粽放在了哥哥的那边。而恰巧早起的哥哥看到了妈妈的纠结和痛苦，他趁妈妈离开的刹那，又悄悄地动了手脚。然后，他就自然而然地吃到了蜜枣粽。

妈妈到底是偏心了，她的天平偏到了最需要爱的那一端，而哥哥把这份本来就属于他的爱又还给了他。

# 母亲最尊贵

雨后的栀子花树，清新亮丽。她站在那里实在太突兀。

矮瘦，又黑，顶多一米五。脚上穿着绿色的旧胶鞋，一只还补了长方形的补丁。鞋上沾满了泥，灰色的裤子上斑斑点点也是泥。白底兰花的上衣，皱皱巴巴，又肥又大。头发枯黄，倒是梳得整齐。她斜着身子站立，胸前抱着一个布兜，东张西望着。局促，渺小，卑微，甚至丑陋。

一群放学的孩子从她身边过，眼光里有疑惑，有同情，也有嘲笑，有鄙夷。突然，一个细细白白的女孩儿跑过来，兴奋地抱住了她。像个受宠的孩子，她天真羞涩地笑了。女孩儿一手接过布兜，一手搂着她的肩膀，向宿舍的方向走去。

女孩儿高出她一头。她的左腿似乎有毛病，走起路来扭扭歪歪。倒不觉得好笑，因为女孩儿紧紧地搂着她。

我认识那女孩儿的，在学校里占尽了风头。诗歌朗诵有她，校报里常常看到她写的文章，光荣榜里也从来没少过她。她还是校广播站的播音员，每天傍晚，她甜美的声音萦绕在校园里的每个角落。她比我高一个年级，是堂姐的同桌，她们俩还是上下铺。

中午吃完饭，我故意去找堂姐。一进门，就看见女孩儿床前的桌上放着几枚鸡蛋，一盒炒粉，一叠油饼，还有一个小小的蛋糕。女孩儿正蹲在她面前，给她脱鞋。那是怎样的一双脚啊！湿漉漉的，被水泡得发白，又夹缠着红色的血。我看到女孩儿眼里的泪闪了一下，又转回去了。她默默地小心翼翼地擦拭着。

她是女孩儿的母亲。今天来是要给女儿过生日的。家里穷，女儿从来没有过过生日。刚下过雨，山路不好走。她看着自己的脚，难为情地解释说。

后来，女孩儿告诉我们，她母亲的左腿受过伤。那是在她小的时候，一次火灾，母亲冲进去救她，眼看一根大木头要落下来砸在她身上，情急之下，一把推开她。木头落下来，砸在了母亲的腿上。

多少年过去了，每当看到栀子花树，眼前总会出现那个微小的身影。泥泞的山路，拖着受伤的腿，她该有多强大的内心，才能穿越那段山路呀！

可惜，我一直找不到合适的词汇形容她，任何词用在她身上，总觉得薄弱。有一天，看席慕容的书，她的话深深震撼了我。她说："母亲有了你，再困苦的路她也肯走。怎么能用外表的一切来衡量母亲的心呢？要知道，所有的母亲，都是这世间最尊贵的一种种族。"

是的，栀子花树下的那个又黑又矮的母亲，只有尊贵配得上她。

## 父亲的生日

从来没有想过要为父亲过生日，总觉得他还年轻，年轻得不需要用生日做装潢。过生日，那是老人和孩子才期盼的事。而父亲一直就是那个给期盼以希望的人。

他爱热闹。家里大大小小的事，一年里大大小小的节日，他总是极力张罗着，对生活充满着热情。当然，家里每个人的生日也只有他不会忘记。

小时候家里穷，小孩子生日时能吃上一个鸡蛋便觉得已是很盛大的事了。可是，每次生日，父亲总会带给我们意外的惊喜。一支笔、一个本子、一个发卡、一件衣服……于那时来说，可以在生日收到礼物，是多么令人骄傲和快乐的事！而爷爷奶奶的生日，父亲也会郑重其事地张罗，一桌热腾腾的饭菜，几代人围坐在一起，其乐融融。爱感动的奶奶每次都要流下幸福的泪。就这样，爷爷奶奶在父亲为他们营造的幸福里一天天老去，我们在快乐和憧憬里一天天长大。

我的父亲，他就像一个挑着扁担的行路者，一头父母，一头儿女，都是沉甸甸的责任。因此，他常常忽略了自己。生日，总是在过去很久了，才迟钝地想起。也只是笑笑，一句“明年吧”就给这一年画上了句号。

成为大孩子的我们，也渐渐懂得了做父亲的不易。于是，我们几个孩子商量着，一定要给父亲过个像样的生日。可那只是一个搁在半空中的计划罢了，落不到地上。养孩子的忙着养孩子，结婚的忙着结婚，工作的忙着工作，每个人都在自己的世界里精彩着。而爱热闹的父亲就在我们各种各样的借口里，一年又一年地冷清着。

就在今年，父亲终于忍痛割爱，丢下了他种了半辈子的土地，来到了我所在的城。他在城西姑姑家的公司做事，而我在城东。城是大城，要两个小时的车程。总是近了些。春天的时候，我去看他，着实吓住了。他远远地向我们走来，阳光的闪烁下，他两鬓斑驳的发还是刺痛了我。我那高大英武的父亲，讲究的父亲，黑发如墨的父亲，刚五十出头的父亲，何时苍老成这样？我看着我满地撒欢跑的儿子，方明白，正是父亲以苍老为代价换取了下一代的成长。真的，有些事情真的不能一拖再拖。今年，我一定要给父亲过一个像样的生日。

然而，就在父亲生日的前几天，我年幼的孩子感冒了，并且反复地发烧，我惆怅万分。我想让父亲到我们这里来过，可他那里又走不开。孩子生病，我们又去不了。于是，给父亲过生日的事又成了风里的誓言，吹走了。

在父亲生日后的第二天一大早，他就迫不及待地打来了电话，声音明亮愉悦。父亲告诉我，不要因为没去给他过生日而自责。小姑给他过了，请了好多同事，买了蛋糕，还送给他一块手表。这是他过得最开心最隆重的生日了。父亲在电话的那端开心地说着，我在这端却听得泪流满面。父亲真的是老了，老得像个小孩子那样，开始在乎自己的生日了，有了欢喜的事就急着向他的孩子“禀报”。就像以前我得了学校里的奖状，会飞快地跑回去向他炫耀。

我总以为父亲这座山可以万年长青，所以不愿长大，想永久地依附着他那长长的青。可是，青会泛黄，人会老去。我必须长大，长成参天大树，然后长长久久地庇护着父亲这座山。

从此，我要接过父亲那支生活的扁担，一头坐着我的父母，另一头坐着我的孩子，我要带着他们，平稳、坚定地前行，给他们爱和希望。

# 旧时棉衣

岁月荒寒，季节深处，谁人没有一两件御寒的衣裳呢？衣裳浩繁复杂，种类更是数不胜数。冷飕飕的冬日街头，不经意地望过去，简直是群英荟萃——款式啊，颜色啊，质地啊，真真晃得人眼花缭乱。

乱，乱得人心凉凉的，有疏离感。

蓦然，一转身，视线里出现了一个异样的女子。她抱着几本书，从路边上的一家书店里徐徐走出来，烟视媚行的样子。路过她的人，忍不住，又转回头来看。而她生得并不是十分美，看的原来是她着的衣！

乍一看，像是民国的女作家张爱玲穿越来了。近一点儿，又像是儿时在村庄里见过的极讲究的小媳妇——那女子身上穿的是过了时的老棉衣，大红的底子上，怒放着一朵朵粉艳艳的大牡丹。斜襟的棉衣上，黑色盘扣精巧雅致，一对对若展翅欲飞的蝴蝶。在这灰头土脸的天气里，穿老棉衣的女子就像春天的阳光一样明媚灿烂，像春天的花儿朵儿清新婉然。

除此，最重要的还有一种来自记忆深处的久远的，但极其熟稔的亲切的温暖感。是它的质地啊！那样的一件棉衣，外表是棉布，里料是棉花，里里外外都是棉，绵绵密密，蕴藏着人间深暖。

就是这样的一份人间深暖呀，包裹着我们，滋润着我们。我们一如柔弱瘦怜的小树苗，在一寸一寸的暖里，长成了葱枝碧叶的大树。

旧时岁月，物简人朴。尤其是广阔的田野上，勤恳踏实的庄户人家，四季的吃穿用度，都是亲爱的土地在孜孜供给。土地庙在田地边上，村庄里的人都虔诚地敬着。那土地五谷丰登，温暖了我们的胃。且还生长着一种叫棉花的植物，温暖了我们的凡尘之躯。

那一段段无华的老光阴里，我们安安心心地享受着棉花带来的恩惠。物质是简洁拙朴的，而生活却是忙碌踏实的。谁家的田园里不种上几陇棉花呢？

棉花是最忙人的。可是没见谁说过一句抱怨的话，忙着也乐意，心甘情愿。种棉花要仔细，而女人天生心思细腻，棉花顺理成章就成了村庄里女人的事业。从棉花种子落在土地里那一刻起，女人们就闲不住了。忙着、盼着，棉花长高了、棉花开花了……女人们絮絮叨叨，喜不自胜，像讲自己的孩子一样，处处流露着憧憬和骄傲。

直到棉花结出一个一个的小棉桃子，小棉桃子再绽放出一朵一朵雪白的白绒花，棉花才算是真真正正开了花。女人们小心翼翼摘下这些花，脸上才彻底轻松下来，才彻底放声大笑。

收获了，依旧闲不住。要把这些花摊在阳光下晒，晒得软软的，松蓬蓬的。然后纺出细细的，长长的棉线，再在织布机上织出一匹一匹的棉布。然后再浆染出好看的颜色，绣上好看的花卉图案。棉花成为棉布，这一步一步，倾注了女人们多少心思和情感啊！

棉布有了，万事俱备，只欠剪裁缝制了。这样的活计，也只有女人能胜任吧。每个母亲自然地成了一家人的大裁缝，白天的阳光下，夜晚的油灯影里，母亲一针一线为一家人缝制棉衣。

棉衣从一株植物开始，吸收自然界的光华和雨露，每一个进步和改变都经了一个家庭中一个女子的手。这点点滴滴都是暖，是爱，一个妻子的情分，一个母亲的情分。

这样原汁原味，古旧的手艺，古旧的质地，里里外外，针针线线，尽是情分。即使过了时代，追不上那些炫目的样式，轻飘的质感，又岂能让人忘怀？就如同我们不可能，也不会忘记母亲怀抱里的温度一样。

# 核桃母亲

上班的路上有一段林荫道，不是梧桐，是两排核桃树。

路的右边紧邻着一所中学，红色的围墙。两个月的沉寂后，秋来学校又热闹起来。早晚至此，我习惯慢下来，听听孩子们的读书声和喧闹声，心清心明。

热闹的还有核桃树，青色的叶间垂挂着圆圆的绿皮核桃，沉甸甸的。凉凉的风穿于其中，有了温度，有了分量。

不久，又多了一道风景。每天早上，一个衣衫破旧、矮瘦的中年女人举着长竹竿在打核桃，挥舞半天才落下一个，似乎很费力。奇怪的是看不到她的脸，她总是蒙着面纱。

开始，我向她热情地打招呼，试着和她聊天，想揭开我的好奇。她却不说话，一会儿摇头，一会儿点头，又用手比比画画。可是，眼睛里的真诚还是让人生出好感。之后，再看到她，我就递上一个微笑而过。

她有时更热情，硬塞给我几个核桃。说实话，生在中原的我还真是第一次吃这样的青核桃。去皮后，才是日常见惯的核桃模样，皱皱巴巴结实的外壳。敲去壳，是蝴蝶形的褐色核桃仁，有点儿苦涩，却分外地香。真是神奇。

有一次，看见戴着红色袖章的社区管理员走向她，心想：坏了，肯定要阻止训斥了。不料，管理员竟接过她手里的竹竿挥舞起来，她在下面跑着接。

我向管理员打听，终于知道了这个戴着面纱的女人的事。

十几年前，一场大火烧毁了幸福宁静的家，丈夫在大火中丧生了。她本来是幸免者，起火时她不在，出去了。可是回来时面对熊熊火海，想都没想直接跳进去了，任谁也拉不住，因为孩子还在里面。

孩子完好无损地救出来了，她却受了重伤，奄奄一息。脸部大面积烧伤，嗓子吸进大量浓烟，再也说不出话来。她觉得值了，充满感恩，感谢苍天还给她一个完整的孩子。在所有人对她失去希望的时候，她坚强地活了下来。

她原本是一个漂亮娇小的女子，有一份稳定的工作，教书育人。不能发声，学校是回不去了。为了生存，她硬着头皮找了几家单位，终因骇人的面容遭拒。她尝试着摆起了地摊，怕吓着路人，就戴上了面纱。可是因为不能说话交流，做小生意也不行。她又去学刺绣，这倒是适合她的。没日没夜地绣，勉强可以度日。

孩子迅速地长大，她却迅速地苍老下去，被时间和生活风干成一枚干核桃，有着坚硬的外壳。

眼看孩子上高三了，正是费脑子的时候，却没钱买营养品。于是就来打一些核桃给孩子吃。

后来，我见到了她的孩子，是一个帅气的男孩子，比她要高出一头。他从学校出来，搂着她的肩，又说又笑。忽然一阵大风，吹掉了她的面纱。那是一张怎样的脸呀，烧伤的痕迹皱皱巴巴，像核桃的外壳。那样的疼痛在脸上，让人不忍目睹。

面纱被风吹着跑，男孩子在追。她站在那里竟笑了，核桃壳的脸笑成了蝴蝶形的核桃仁，翩翩飞舞。

# 毛 线 鞋

那是个星期天，大厅里寄东西的人多，排起了队。我的前面是一个瘦小的中年女人，衣着随意而土气，行为拘束又紧张。她的双臂微抬着，怀里紧紧抱着什么东西，万般珍重的样子。说真的，那姿势我看着都难受。

她似乎很着急，不住地前瞻后探着。就在她后探的时候，我看见了她怀里的毛线鞋和一个灰色的旧的包裹袋。那毛线鞋是大红色的，鲜亮，厚实，好看。倘若不是离得近，不仔细看，还以为那是两朵盛开的美丽的花呢。这毛线鞋我知道，市场买不来的，那是纯手工的，一针一线织出来的。

“你织的吗？真漂亮。”我禁不住赞叹道。

女人没说话，只微微笑着点点头。过了一会儿，她转回头，打量了我一下，突然对我说：“给我闺女织的，她怕冷，又嫁到北方了。”

轮到女人的时候，女人显得十分激动，她用衣袖揩了揩面前的柜台，很小心地把毛线鞋放在上面。这时，我才看清女人的一只手竟是残疾的，手成拳头状，只有大拇指能伸开。再看那双红色的如花朵般美丽的鞋时，心里不由得升腾起了一种酸涩，还有敬意。我的一位朋友曾去学过织这种鞋，她有一双灵巧的手，织了一个月，也没有织出这般鲜艳的图案。

女人对着玻璃窗里的工作人员谦卑地笑着，请求着，慌乱而又茫然无助。女人不识字。工作人员一脸愠怒，很不耐烦。

我走上前去，抓起笔，要替她写。女人急忙把那个灰色的旧包裹袋递给我，这上面有她女儿的地址。我写好，又细细地帮她打包，寄出去后，她却落了泪。

然后，我就知道了一个母亲的不易和为难。那个曾经让父母引以为傲的女儿，那个从小听话乖巧的女儿，深深地伤了他们的心。尤其是女儿的父亲，对她寄予了很高的期望的，要她好好读书，出人头地。而女儿高中以后，就不肯再读书了。不读就不读吧，工作后，却爱上了一个比她大十多岁的男人。那男人他们见过，油腔滑调，不靠谱，不像好人。他们愤怒阻拦，她却像一头执拗的小兽，依然固我，不惜以死相逼。父亲一怒之下，把她赶出了家门，同她断绝了关系，从此再无她的音讯。

几年后，他们突然收到了一个包裹，竟然是女儿寄的。这才知道，那个油腔滑调的男人早就弃她而去了。后来，她在同事的介绍下，认识了一个老实的北方男人，顾不得北方的寒冷，就嫁过去了。那包裹里是给他们买的衣服，而他父亲始终不肯原谅女儿，把衣服扔了。她也气呀，气女儿，又心疼女儿，悄悄地把包裹袋捡了回来，上面有女儿的信息，那是她思念的方向啊。

偶然间，听说织的毛线鞋暖和。她便去学，吃多少苦，她都不怕。好在，她学会了，给女儿织成了一双厚厚的暖和的鞋子。

“慈母手中线，游子身上衣。”女儿再不好，做母亲的却总是放不下她。母亲爱孩子的心，就像大红的毛线鞋一样，无论何时、何境，都是美好如花，煦暖如阳。

# 最简单的幸福是陪伴

幸福，一万个定义也讲不完，谁人心中没有一把标尺？可是，到后来，会慢慢发现，幸福其实简单到只要两个字：陪伴。

祖母一生有七个孩子，在过去艰难困苦，缺吃少穿的岁月里，她用辛劳和内心的坚韧，把她的孩子们养大。她的孩子们很争气，不负她的希望，一个个从乡村里走向了外面那个广阔的世界，并在外面成家立业。

而祖母就这样日渐苍老了，满头银发，步履蹒跚。年轻时一心让她的孩子去往大世界的祖母，到老了却极其眷恋起那个生活了很多年的小乡村。她一个人住在旧庭院里，那院子还是我小时候的模样，堂屋三间瓦房，西面有两间是厨房，东面原来也有房子，坍塌了，没有再建，祖母在那块地方种了家常小菜，当成了菜园。

守着老院子，养着一只老猫，常常坐在门口看看来来往往的乡里人，这是祖母晚年的生活，自足，平静又寂寥。她的孩子要把她接走，她说什么都不同意。她舍不得老院子，她说她离开了，谁来陪伴它呢？

可是，到底不放心祖母一人在老院子。前些年，父亲一直在老家陪伴着祖母。然而家里因为出了一些事情，父亲也不得不离开祖母出来了。

四叔一家在那年开车从新疆回来，要接祖母去他们家。祖母问四婶："去你们家，让我住哪儿，吃什么饭？我的新棉花大被子，老猫，老院子，要一块去啊。"

大家都说祖母年纪大了，说话糊涂了。可是，我们心里都明白，她是找借口留下来，陪伴她生活了一辈子的老院子。然而已经答应离开的祖母临行时忽然又不肯去了，后来只好由离得近一点儿的大姑姑照顾祖母。

祖母的心事除了她的老院子，还有像孩子一样期盼着过年。她每天都在数着日子，她怕冷，却期盼天快点变冷，天冷了，过年就近了，她的孩子们，孙子孙女们会回来陪着她，热热闹闹地过年。

唯一不能回来陪祖母的是小姑姑。小姑姑太忙了，他们有公司要操心经营，她自已又负责着一个饭店。她也曾要把祖母接走，祖母骨子里传统，儿子家还不去呢，更不会去女儿家。

祖母八十八岁生日，小姑姑把饭店关了，回老家看祖母。我给小姑姑打电话，小姑姑说："我最近心里总是不安定，你奶奶已经八十八岁了，我们还有多少这样陪伴的幸福呢？我暂时先不回去了，要在老院子陪你奶奶一段时间。"

小姑姑每天都会在微信里发祖母日常生活的照片，八十八岁的祖母满头银发，坐在斑驳的门前，阳光铺满老院子，老猫依偎在她的脚边酣睡，有老邻居在聊天，祖母神情安然，皱纹里写着知足和简单的幸福。

小姑姑说，在老院子陪伴祖母的日子，她从来没想到幸福是如此简单的一件事，哪怕什么都不用做，不用说，只默默地坐在门前的阳光里，也觉得好和安适，心里始终是平静愉悦的。

老院子之于祖母，祖母之于她的孩子们，都是幸福的源头。而幸福也并不是需要多宏大的给予，只要简简单单、静静地相伴着足矣。

# 辑八／草木如诗

当我们像人间里的草木一样，历经尘世的春夏秋冬之后，再回头看那段独自行走于世的初始时光，那样的痛苦和挣扎不过是人生这首长长的诗篇里一个坚强的字，一个铿锵的符号。

人如世间草木，草木亦如人，情怀缱绻。草木如诗，美丽尘间。人如草木，诗情洒然，美好乐活于世。

# 草木如诗

去郊外看一位朋友，车行在阔静的公路上，阳光像碎金子一样泼洒在山川大地上，暖融融的、懒洋洋的。车窗开了一点儿，有清风跑进来，逗弄着人的脸颊、头发，和心怀。痒痒的，直牵惹起一怀诗情来。

先生最有兴致，摇头晃脑，像旧时的老夫子，抑扬顿挫，改编起海子的诗：我有一所房子，面朝郊外，春暖花开……

然而趣味的笑声落下，看这郊外的北方，春暖了，花却是不曾开。举眼望去，仍是旧日模样，空荡荡的大地、空荡荡的枝桠。除却阳光和清风，没有丝毫春天的情意。

不免嘲笑揶揄起先生来，先生却胸有成竹，淡定安然得很，笑我只看外表，一叶障目，看不到人间草木内心的大森林。

他指着路边的泥土，远处的树木，说："这泥土下薄薄一层就是小草芽，还有那些树枝，花枝，近处瞧，都泛青了。它们呀，都在憋着劲儿，写诗句呢。不久，你就看到了，这人间大地上，油油的青草，枝上的红花绿叶，啪啪，都绽放了。那一行行的诗情画意，尽是草木赐给我们的诗篇啊。写诗这件事，那可是急不得的。”

先生的话风趣无边，行动也是风趣无限，定要停下车，问候一下正在写诗的草木。我站在一棵樱花树下，细看那枝桠，果然苍褐里泛着几分生动的诗情。

忽然忆起旧事来，那是八九年前，也是这样的春光，草木都还隐藏在内心的森林里，而天暖鸟鸣唱，春气婉然已明媚。

那时候我刚毕业半年，租住在这个城市远郊的一个十分破败的小院落里。欢欢喜喜过完年从老家千里迢迢来上班，可是老板的一个电话，说公司停业，另谋高就，突然把我打到无助的深渊。

无奈之下，只能硬着头皮往前走。出了校门，再也不能依靠父母，自己的路只能靠自己。打印了很多份简历，一份一份投出去，然后手里攥着一点点生活费，在那个远离故乡远离亲人的冷落小院里等一份美好的希望。

那种寂寞煎熬的等待，每每回想起来，却是风轻云淡的样子。印象深刻的不是那种痛苦，而是那时的春光。春天的风光是不分穷富贵贱、成功失败的，无处不在。

记得每天上午，我一打开门，阳光已经铺满了院子，亮亮的，在眼前直晃悠。院子里有两棵老树，小鸟雀就站在那苍老的树枝上蹦蹦跳跳，高一声低一声，愉快地唱着只有它们自己才懂的歌谣。

我本来沉闷的心在闪耀的阳光和快乐的鸟鸣里变得轻松，那样的情景让我的内心充满感性和诗意。铺开稿纸，在简陋的椅子上，在阳光恣意的院落里，在苍老的树下，在鸟鸣声里，我写下一行行诗句。抛开身外煎熬的等待和痛苦，我在诗句里度过了那段人生初始的时光。

后来，当像人间里的草木一样，历经尘世的春夏秋冬之后，再回头看那段独自行走于世的初始时光，那样的痛苦和挣扎不过是人生这首长长的诗篇里一个坚强的字，一个铿锵的符号。

人如世间草木，草木亦如人，情怀缱绻。草木如诗，美丽尘间。人如草木，诗情洒然，美好乐活于世。

# 朝花夕拾

向晚的园子寂静极了，可听到一片花徐徐飘落的声音。我在樱花树下，拾起几片粉色的落花。心思俱静。

樱花初开的时候，我也在场，看那枝桠上的一个个小花蕾舒展开身体，就像园子里发生了好玩的事，惹笑了小花蕾，啪啪，咯咯，嘻嘻，樱花树上绽满了粉色的笑。记得那时看花的心，是热闹而期待的。

看花人未老？只隔了数日，时光再着急，也不会如此迅捷吧。而心境却是截然。

手中拿着车前子的书《木末芙蓉花》，想起之前坐在凉亭里刚刚读过的一篇文章，说的是鲁迅的《朝花夕拾》。车前子说它是鲁迅作品里最闲静的一本集子。鲁迅在这本集子的小引里写："我常想在纷扰中寻出一点闲静来，然而委实不容易。"鲁迅自己大概也这么认为，《朝花夕拾》是他闲静的所在。写的时候，他的心在那一刻闲静了、柔软了。

小时候课本上的《从百草园到三味书屋》出自《朝花夕拾》。至今想来，依然回味三匝，余趣盎然，嘴角忍不住牵起笑意。那是与他的杂文小说截然不同的味道。《朝花夕拾》都是在回忆过去，他的少年和青年，拾起年少时那些妙趣如花。

人大概在回忆往事时都是闲静的，心沁在一团软棉花里，浮起一幕幕旧事，或美好，或酸辛，都让人怀恋，悲欣交集，散发着静气。

少时有邻居，是不苟言笑，甚至有点儿唬人的老妇人。平素里我们都有点儿怕她，不敢亲近。她很喜欢花，最喜凤仙花，种了一院子。凤仙花又叫指甲花，可以把指甲变得很好看。凤仙花开的时候，我们女孩子大着胆子站在她家门口眼巴巴地望。老妇人看到了，招手叫我们过去。我们彼此看看，最终还是呼啦一下都飞奔了去。

老妇人竟慈爱地笑了。她在花间拾起一片片落在地上的凤仙花，要送给我们。那时的老妇人没有了距离感，话也多起来，唠唠叨叨像自家的老祖母，讲得都是很古老的旧事，最多的总是她少时种凤仙花的趣事，时而神思幽远，时而自顾自地笑起来。那神情真是宁静温柔。

有人说，人老了，才会频繁地忆起旧事，怀念过往的岁月。很多人却是都惧怕老了。春天一树繁花，又光鲜又热闹，洋溢着青春欢畅。花树的凋谢如同青春华年的散场，让人无限惆怅。人之老去，是自然之势。花凋谢，人苍老。

忆旧就如同站在昔日丰茂的花树下，弯下身拾起一片片往事，朝花夕拾。那心思虽有失去的惆怅，却也闲静，也安恬。

很多人喜欢叶芝的那首诗："当你老了，头发白了，睡意昏沉。当你老了，走不动了，炉火旁打盹，回忆青春。"这样的年老没有暮气感，而是盈盈一股静气。当人生走向苍老的时候，就像一株花树走向生命的使然，越活越懂得人生的闲静。

# 像木槿一样坚持花开的梦想

第一次看到，是在阳光明媚的春天，公园里的一条幽僻小径。一行人说笑着，转到了这条径上。它们静静地立在阳光下，柔柔的样子，不规则的叶形，一身绿色，如同新植的小树苗。旁边的方形牌上写着三个字：木槿花。原来它们也是花呀！惊讶之余谁都没有放在心上，不远处桃李花开正满枝头。

初夏的一个早晨，公园里散步时不知不觉又走到了这条径上。花都开好了！一大朵一大朵的紫色木槿花缀在绿枝上，紫色的花瓣薄如蝉翼，簇拥着。又宛若几只紫色的大蝴蝶落在了枝桠上，扇动着翅膀，围成了一朵紫花。夏花之绚烂莫过于此。

红色的桃花李花早已落入泥土中，化作了香魂。此时随处可见的喇叭状的牵牛花，乳白色、粉蓝色，星星点点，让人直感觉单调，小家子气。还有大片的向日葵，明黄黄的，晃人的眼，显得过分热烈，不真实。而木槿花不一样，花朵大而重叠，有层次感，一眼看不到底，优雅端庄大气，有深蕴。花色为紫，清凉柔和，望过去，烦躁的心也不免要跟着平和欢喜起来。

宗璞说：木槿花的三种颜色，以紫色最好。那红色极不正，好像颜料没有调好；白色的花，有老伙伴玉簪已经够了。最愿见到的是紫色的，好和早春的二月兰、初夏的藤萝相呼应，让紫色的幻想充满在小园中，让风吹走悲伤，让梦留着。

红色、白色的木槿花朵，我没有见过，但可以想象得出，它们如何也承托不了木槿那硕大的花瓣。桃李花、梨花、海棠花的小巧精致，于它们才是最相宜的。而木槿花的大气，唯有紫色最相配，也唯有紫色能撑起梦想的天空。

然而，傍晚再去的时候，却落了一地紫色，蔫蔫的。不觉心寒，明明晨时还看到一树的灿烂。而木槿依然不悲不喜的样子，立在夏日的晚风里。

心有不甘。第二天，一大早又跑去看，竟是另一番景象了。紫色的木槿花像是被施了魔法一样，完好无损地又绽开在枝上，晨光里笑意盈盈。

整个夏季，我总是要去看木槿的。我惊叹于木槿的朝开暮落，败了，再开，循环往复，屡败屡开。如同一个奔跑在梦想之路上的人，倒了再站起，从不放弃。

后来，知道了木槿花又名无穷花、沙漠玫瑰。它的花语是：温柔的坚持。朝开暮落，但每一次凋谢都是为了下一次更绚烂地开放。就像太阳不断地落下又升起，就像春去秋来四季轮转，却是生生不息。

让我们也像紫色的木槿一样吧，静静地立在生活的泥土中，坚韧大气。头顶绽放着紫色的梦想，温柔地坚持着。

# 夏草青青

夏日里，草是主角。霸气，性子硬，底气十足。青泱泱，莽莽苍苍，浩大辽阔。穿行于雨后的公园中，我这样在心里评价着草。

可是，就在前几天，我刚刚目睹了师傅们割草的全过程。割草机剧烈的嗡嗡声甚至还响在耳边。一片一片的草倒下去，青色的汁液汩汩流，空气里到处弥漫着好闻的草的青气。过了一会儿，我发现，那些草竟被机器搅得粉碎，凌乱地散在地上。明明前一秒它还在风里摇曳着身姿，下一秒已粉身碎骨。我再也不觉得那青气好闻，而是疼痛，忧伤。这实在太残酷，我迅速地逃掉了。不忍回头。

一直不敢再去公园，怕见草儿们一地狼藉的惨状。

直到今天，屋子里湿热憋闷得难受，外面又下了一场雨，空气清新。于是攒了攒勇气，踱步到了公园。

“野火烧不尽，春风吹又生。”是的，生命就是这样强韧！内心里的强大是它们的春风，几天之后，自己帮自己恢复得很好！细细的叶子尖上挂着莹莹的水滴，分不清是雨，是汗还是泪。只是，举目望去，夏草青青，越发显得生机勃勃。

忽然想起了一位亲戚，她家的窗台上不种花，只摆着一盆盆草。她这一生，特别不易，以柔弱之肩抗起了一个家。

她只是一个普通的农家妇女，没有文化，年轻时吃了不少苦。曾经，去工地干活，男人一样卖力气。后来，又起早贪黑做起了小生意。有一次，去外地进货，上火车时，差点儿被挤下去，险些丧了命。她死命抓着车门，胳膊磨流血了，也忘记了疼。她像一棵草那样坚韧地活着，日子有模有样。她把两个孩子都送进了大学，又在城里买了房。

如今，孩子毕业了，她也没什么负担了。一身轻松的她却并未闲着，她去上学了，又报了书法班，竟练起了写字。她说："我的后半生不能就此枯萎了，要像老家夏天田里的草一样一拨一拨青。五十岁，好日子刚开始。多写字，平心静气。"

那天，我去看她。她正在阳台上写字，面前是一窗台的夏日青草。微风轻吹，有淡淡的草香在流动。我静静地站在她身后，欣赏着这幅美丽的画面，心里涌满感动。

# 花之自得，远胜于我

南海子公园有湖，非常原生态，湖边草木葱茏，芦苇、菖蒲居多。沿着湖边走，不多远便可看到翠绿的长叶片间冒出几串紫色的小花，竟是薰衣草。初见时真是有些吃惊，薰衣草怎么也跑来凑热闹了？之所以如此想，是因为这个季节是荷的天下，而有湖水的地方也少不了荷花。荷之于湖就像水之于夏天，底子上不能少。

夏日里去湖边除了享受一下风从水面吹来的凉意外，就是看荷了。荷真美，从荷叶到花瓣都好看得恰到好处。花的粉或白，叶的青或碧，干净朗然，招人爱恋。相比于荷，此时的薰衣草显然逊色了很多。

湖边溜达的时候，听到有人说：“我平素最喜欢薰衣草的紫，可惜长在这里，我却怎么也喜欢不起来。你看这湖里的荷花太美了。”

荷花虽美，长在水中只好远观。紫色的薰衣草却可以亲近，更是蝴蝶蜜蜂的最爱。荷花美它自己的，瘦瘦的薰衣草站在荷的对面似乎也十分坦然自若，也不理会我们这些人的喜好和评论。它不管这些没用的，而是一心想着要尽本分，把自身的香气一丝丝嵌进空气中。

张恨水在《雨丝风片》中写：屋后小院一弓，终年不履人迹，期间野菜蓬生，开紫花如球结。启户视之，有微芳一阵扑人。觉花之自得，远胜于我。

极喜欢这一段素淡文字，尤其是最后一句“觉花之自得，远胜于我”。我想张恨水先生的言外之意是说那开紫花的野菜安之若素的脾性，在“终年不履人迹”的荒凉下，依旧安然自得，保持芳香。像那句美丽的诗：你见，或者不见我，我就在那里，不悲不喜。

想这湖边的薰衣草也有张先生笔下的野菜紫花般的脾性。之于我这般寻常看花人更是“花之自得，远胜于我”了。

在湖边，以我们浅淡的目光去看，或许对薰衣草来说不是很适宜。可是，不适宜就要罢工不干了吗？植物和人一样，有生命，有生命就有命运之说。谁能把握住命运的航向呢？谁的人生中会都铺展着适宜吗？

谁也不可能一直在适宜中度过，既来之则安之。道理都明白，而真正去做的时候却不如花草泰然。

所以，草木本心，当是最好的人生境界了吧。

# 清风在竹林

植物四君子梅兰竹菊中，竹最宜夏。夏日热浪蒸腾，人的每一寸肌肤也跟着烦躁不安屈闷。这时候，最需要的是一丛清凉如水的冉冉绿意来养护晶明的眼，安顿热气搅乱的内心。

在夏季，国宝大熊猫的生活姿态不免让人眼馋心羡。在我们精神蔫蔫、食欲恹恹的炎热里，大熊猫们可以坐拥清凉的竹林，安闲地静享清风穿过竹林的惬意。所以心宽体胖。

青青翠竹在我多年的思维里多生在南方，想那南方山林人家篱笆小院中几丛风中曳动的竹翠，或者房后随清风摆动的竹林，丝丝清爽滑过耳际。那样的山林人家，虽是清淡布衣生活，亦让人觉得俊雅风情。

少时在故乡中原的乡村生活，寻常人家院落也宽阔，种了梧桐，种了刺槐，搭了葡萄架，却甚少见到种竹子。也是有的，我一直以为那是讲究的风雅人家，在年少的记忆里定格成稀世风景。

月落樵窗，风生竹院。小学校长的家就拥有这样的雅致和风情。他家的院落立于村南的胡同口，每日去学校都要路过他家的门口。红漆大门微微开着，院落里青青翠竹的翠从门缝里漾出来，不经意间惊诧了过往行人的眼。我总想过去趴在门前看看那院中的丛竹，可若是碰上了校长或者他的家人，该多尴尬。那时的心真是又畏又怕又禁不住翠竹的绿意。

四年级的时候我和校长的小女儿竟分到了一个班，并且成了很要好的同桌。我们一起上学，一起回家。而我也终于有了充分的理由走进了那个种着翠竹的院落。我每天央母亲早点做饭，匆匆吃完，去校长的家找他的小女儿上学，以此之名而在他们家的丛竹前流连。

有一年暑假我去姨姥姥家玩，发现姨姥姥家一墙之隔的邻家院子里也种着竹子。邻家的主人是一个很不同的很好看的老夫人。满头银发，很瘦，却很精神。姨姥姥的孙女叫她秦奶奶，我也跟着叫秦奶奶。她有时很慈爱，有时又显得落寞。听姨姥姥说，秦奶奶唱了一辈子戏，年轻时是戏班子里很红的台柱子。秦奶奶最喜欢在傍晚的时候搬一把老藤椅坐在翠绿的竹子前轻轻哼唱。安恬的清澈的晚风拂过竹子的绿叶，拂过秦奶奶月白的衫子，银白的发丝。那时的秦奶奶看起来神思邈远，却是很安然很静美。

后来我再也没有见过谁家的院落里养着竹子。而后在北京生活的第五个夏天，由家人推荐，一起去了一个以竹命名的园子，叫紫竹苑。炎炎夏日，那到处是竹子的园子清幽凉爽，和外面的烦躁喧吵仿佛是两重世界。附近的很多居民带了吊床，带了毯子，寻一处地方，聊天，小寐，看书。清风徐来，自在而舒缓。不免让人感叹，有竹子的地方，果是消夏的好去处，“得半日之闲，抵十年尘梦”，那是给心灵饮了周作人先生的一杯清泉绿茶。

最喜欢《二十四诗品》中所言：坐中佳士，左右修竹。白云初晴，幽鸟相逐。眠琴绿阴，上有飞瀑。在茫茫灼灼的夏季，在庭院修竹远去的年代，最恳切的是买一张竹子凉席。热浪翻腾的午后慢时光，躺在凉席上，静下心，感受清风曾在身下的竹子上簌簌拂过。再默念《二十四诗品》，美好的事莫过于此。

# 葵花向日倾

傍晚散步，每次都会路过那道铁门，却从来不曾进去过。有时候孩子跟着我出来，见那道铁灰色的门，总是要好奇地跑过去，趴在门上磨蹭半天。我明白他的意思。他已经向我要求过多次去里面玩了，可是我看看里面荒凉又无人迹的样子，就拿“会有怪兽”的话吓唬他。他心里想去又不敢去。

我亦是有着孩子一般的心思。那个装着铁门的地方其实和我们常散步的路径是同属一个园子，只是一圈铁丝网和一道门把它们隔开了。我们所在的这一边是附近居民休闲溜达的场所，来来往往的人很多，草木植物亦有工人管理，生长规律而整齐。铁丝网那一面的园子就非常野生态了，只隔着网望去，杂草乱树，夹杂着积年的枯枝叶，颓败而荒凉。临着五环路，车辆喧嚣，人迹罕至。虽然知道里面不过是草木植物，不会有怪兽，可心里到底对那样的寂寞荒凉有几分畏怕。

近来病了，一个小感冒拉拉扯扯了半个月才消停。去园子散步呼吸清新气息的习惯只好搁住了，每天晕晕乎乎地躺在屋子里养着病。天气炎热，困在屋子里更是让人身心俱倦，烦闷不已。大人尚可把这些都忍忍，小孩子局促在屋子里却不行，他需要到阔大的空间里去撒欢。一向总是我带着孩子出去玩，他爸爸上了一天班要休息。前天傍晚，他看孩子闹着要出去玩，我也好得差不多了，就提出一起去园子里走走。

孩子乐坏了，有他爸爸在，胆子也大了。我们走到那道铁门前的时候，他要求爸爸陪他去里面探险。他爸爸看看我，我笑了，然后跟着他们父子俩走了进去。

那时已经是六点多了，阳光还好得很。蝉声沸腾，看不见蝉藏在那里，却被尖锐的叫声包围着，更显得这块园子清寂荒凉。路面的砖有几块凹下去了，也有几处枯树枝堆叠着，边上的一丛花草因长了小虫子而没精打采的。

当我们沿着中间的主路走了有一百米后，站在了分岔口上时，我们不禁为眼前的一切惊呆了！

——是野葵花啊！路两边挤挤挨挨，高高低低，站满了黄色的小花朵。哪怕它们的茎杆是柔细瘦弱的，姿态却绝不是垂头丧气，而是很精神地向着阳光而生长。

孩子兴奋地在野葵花开满的小路上蹦蹦跳跳着，要他的爸爸给他拍照片。他竟然调皮地说，原来妈妈说的怪兽就是这向日葵啊！我要和“怪兽”合影，让我的好朋友看看。

我们被孩子的趣话逗得哈哈大笑。在那样一个荒寂的地方，多日来的苦闷和躁烦很轻易地化解了。

“惟有葵花向日倾”，我搜尽所知道的词汇语句，以为这句诗最能表达此时情景了。如果要品评的话，我觉得葵花是人间世上最阳光的花卉，就像孩子的心灵，向着好，向着善，向着美。也不像我们大人的世界那么复杂，遇到一些不顺遂，或环境不相宜，就自暴自弃了。

# 倭瓜往事

刘姥姥二进大观园，第四十回行令时刘姥姥说：“花儿落地结个大倭瓜。”说的便是南瓜。每看到此总有他乡遇故知的亲切，同为乡村免不了一些共通的属性，老家豫东乡村也称南瓜为倭瓜。这名字听起来土俗，倒也与它的身份般配，有几分乡野之气。从前乡村人把脸生得扁平粗硕的人形容为倭瓜脸，意味着丑，可是这样的人大都拥有着一副好心肠。宛如倭瓜，名字粗鄙，却是美味。

过去的日子虽苦，可大家似乎格外地心灵手巧，把简单的饭食也做得滋味悠长，比如倭瓜。多年后行走他乡，依旧心心念念昔日的单纯时光。有人说，有一种味道叫作乡愁。而我的乡愁就是这俗气的倭瓜。

那时候的乡村院落是真正的院落，几间瓦房，泥土地，一院子葱茏的生命，东边养鸡养鸭，西边养猪，中间搭一个葡萄架。葡萄架不仅种葡萄，还种倭瓜。倭瓜属藤蔓植物，生命力强盛。葡萄矜贵，不好养。

鸠占鹊巢是常见的事。往往葡萄伶仃几个，倭瓜却是成群结队。

小孩子们总是心急，常盯着棚架瞅来瞅去。在倭瓜花坠落，刚结成黄瓜大小的倭瓜，我们就爬高上低地把它摘下来。然后急匆匆拿给从田里干活回来的母亲，母亲笑着，亲昵地抚扶我们的头，说一声“真馋”就进了厨房。母亲是要做手擀面了。嫩倭瓜切成细细的丝，热锅里猪油“嘶嘶”响，“嗞啦”一下，倭瓜下锅了，搁点醋、盐等调料，很快就闻到了诱人味蕾的香味。眼巴巴地看着母亲忙活着，往锅里添水、擀面、下面，漫长得很。母亲真是好脾气，汗直往下滴，还耐心地安慰我们“快了、快了”。

不过，倭瓜的生长速度却是惊人的。嫩倭瓜是吃不及的，此起彼伏，一个又一个，眼看着它们变粗变壮，一天一个样，一天一天老去。我们的心里并不慌张，老了的倭瓜是另一种味道。母亲把老倭瓜切丁，和绿豆一起煮汤，光看颜色，就让人喜欢。喝起来更是不忍放下，比搁了一把冰糖还甜。

过了几年，家里翻盖房屋，剩下了一些红砖，铺在了院子里。比起以往，院子里宽阔干净了很多。可是，隔开了泥土，种不了葡萄，也种不了倭瓜了。

然而，第二年我们依旧像往年一样吃到了倭瓜。那是邻居倭瓜爷爷送的。倭瓜爷爷长着一张倭瓜脸，倭瓜是村里人送他的绰号。村庄里甭管老的少的都直言不讳叫他的绰号，他整天笑嘻嘻地答应着，从不生气。他家的自留地离庄子最近，又挨着一片树林，庄稼和菜都长得不好。只有倭瓜不挑地方，该结多少就结多少。倭瓜爷爷就在两边的地头上都种上了倭瓜。他家吃不完，并不拿到集市上卖，而是摘下来送给亲戚邻居们。就这样，倭瓜爷爷种了很多年倭瓜，我们也吃了很多年。

渐渐，当很多讯息传到村庄里的时候，大家都知道了倭瓜原来叫南瓜啊。可是很多人叫不惯，觉得别扭，依然固执地叫倭瓜。倭瓜多亲切啊，没有一点儿隔膜。就像倭瓜爷爷，村庄的人一直这样叫他。其实，他有自己的官名，叫景升，可这多别扭，谁都没有叫过，大概都忘记了。

后来，我辗转生活在异乡，几乎不曾再听人叫过“倭瓜”这样熟悉亲切的名字。

# 草色琼霏霏

花和草都是自然赐给人间的珍贵礼物。爱花者繁多。花之明媚多样，集世间美好于一身，眼前繁华热闹，自是熟视无睹。草的天性是寂寥单调的，不是一种孤芳自赏的傲态，而是姿势很低，就那么做世间美好者的陪衬。然而却不招人待见，爱草者少于花。

隽深在心底的不是花与草的故事，而是草与庄稼的纠缠。农家院落，庄里庄外，田野阡陌，甚至人家的院墙上，随处摇曳的尽是舞蹈的草。农家人没有那么多闲情逸致，农家人不种花，要种养活人的庄稼。

草是庄稼的天敌。记忆最深的是每年暑假都要去田里为庄稼拔草，若不拔，草会把营养吸走，间接把庄稼吃掉。暑热的天气，草却在疯长。我们小孩子也要在大人的带领下，戴着遮阳的草帽，一把汗水，一把泥土，与藏身在庄稼里的草，斗来战去。汗水流到了眼角、脖子里，难受极了。眼前的草还在招摇，真是令人恨透了。

没想到不久聪明的人发明了灭草剂，这消息振奋人心。图省事的人纷纷在庄稼地里喷了这种灭草的剂，谁承想，草没有被消灭，庄稼倒枯萎一片片。而那些年长的过来人就谆谆教诲：“没有草，哪有好庄稼？草是庄稼的力，有草和庄稼比着，庄稼才会长得好。寸草不生，人也别想活下去。”

后来知道朴实的庄稼人其实在说的是一个生物学的道理：物竞天择。世界上的事都是这样，有竞争才有生存。草去和庄稼竞争，庄稼活下去，而草却不争庄稼的风头，甘愿受委屈、被误解和埋怨。它的愿望很小，只想活下去，尽一株草的本分。收获和喜悦那是属于另外的世界。

庄稼的生存，花的生存，同根同源，都要依赖草。出外读书之后，走出农家院落，身边再看到的不是草与庄稼的纠缠，更多的是花与草。花花草草，天长地久，不可分离的一对。有草处有花，有花处必有草。人们依然出门看花不看草，草依旧是老性子，那样素色着一张脸，低着头，不言语，衬得花愈加娇媚明艳。

居住附近有公园，天一暖和，简直就成了花花草草的世界。尤其是草，生命力真是强盛，像初生婴儿，每天的面目都不一样，可着劲儿疯长。到了夏日，尽成一色的青碧了。割草机“嘟嘟”割过一茬，几天之后，又魔术似的蹿成原来青碧的样子了。这时，总让人想起儿时背的一句古诗：野火烧不尽，春风吹又生。

古人赞花的诗句，那是数不胜数。而赞美草的诗句，却是屈指可数。最喜欢的除了儿时常背的那句外，就是孟郊的诗句“草色琼霏霏”。琼，玉般美好。霏霏，茂密盛多。这五个字，字字恰如其分。琼是草的品质，霏霏是草的生命力。

玉出于石，草长于泥土，都是坚韧朴厚之物。世间人心思繁杂，有人赴汤蹈火，非要去做一朵绚烂的花；也有人不爱热闹爱寂寞，只想清清淡淡做一株陪衬的小草。

# 狗尾巴草的低姿态人生

乡野间长大的孩子，没有对狗尾巴草陌生的。田间路旁、丛林河湾、墙头缝隙，狗尾巴草无所不在。给点阳光就灿烂，甚至可以没有阳光，只要一点儿质朴的泥土便可以成就一株狗尾巴的生命。

小时候从来不觉得这种植物有什么珍贵和稀奇，普通到令人忽略它的存在。也只是偶尔兴致浓时，和小伙伴们采摘下一把狗尾巴的毛毛头，编成小狗狗，嬉闹着玩耍。转瞬，又把它抛掷脑后，广阔的田野里还有很多更吸引孩子的玩意儿。

有一天突发奇想，忽然关心起狗尾巴草的身世来，仰着小脸，皱着眉头，问正在院子里捡豆子的老祖母："狗尾巴草的名字谁给取的啊，这么好玩？"

老祖母笑眯眯地告诉说："当然是狗尾巴草妈妈啊，像你土坨垃叔叔、犁耙伯伯那样，名字贱才更容易活呀。"

即使是在狗尾巴草的陪伴下长大的，对它的了解也仅限于此，熟悉得有些陌生。

后来，出去读书，路越来越长，离狗尾巴草也越来越远。忙忙碌碌的生活，就连怀念也是奢侈的。

再后来，结婚成家，在一个大城市的边缘生活，居住的附近是一个很纯粹的野生公园。然而，这对于从辽阔乡野里走出来的我，也没有足够的吸引力，每天都会路过，却不曾进去看过。

直到有了孩子，才开始日日陪着孩子沉浸在这个大公园里。这个公园是孩子的乐园，无所不有。既有现代孩子热爱的城堡滑梯，也有大自然里的各种花草鸟虫。而你绝对想不到，这样的野生公园里最多的植物竟是狗尾巴草。大道小径边，草丛林子，柔适的风里处处摇曳着狗尾巴草的身姿。

关山万里，重重阻隔，多年后，我们又在他乡相聚，恍惚中竟盈满一怀感动。像幼时那样，又可以与它日日厮守。孩子质拙可爱地与它戏耍，我则开始细细地打量这曾经被我漠视的植物。

柔细的径杆，瘦长的叶片，擎着毛茸茸的头颈，低眉敛目，那么柔顺安然。立时令我想起饱满的稻穗，想起一句说得很好的话：饱满的稻穗，往往是下垂的；低俯之草，往往更经风霜。

回想狗尾巴草低姿态的一生，也果是能经风霜的。名字的低贱与容易活大概只是一种自我安慰，并没有必然的联系。可是狗尾巴草相信自己好活，从不矫情，以强韧的生命力无所不在地生长，穿过一个又一个季节，哪怕是萧瑟的寒冬，四野凋零，它依旧保持着最后的尊严，遗世独立。

像花有花语一样，草也有它的性格。在百度上输入狗尾巴草，早已经有喜欢它的人摸清了它的底细——坚忍，不被人了解的、艰难的爱，暗恋。最让人唏嘘叹服的是一个爱情传说：紫檀国的王子在花园里的白玫瑰下发现了一株小草，就让园丁留了下来。王子每天都会流连在花园，站在白玫瑰前出神、叹息。这株小草是有思想和灵性的狗尾巴草，渐渐地爱上了王子。然而，王子早已经忘了它的存在，他喜欢的是送给他白玫瑰的邻国公主。狗尾巴草很伤心，可是它想，这样默默注视着王子也是幸福的事。为了能看到王子，它在本该凋零的季节忍着痛苦抵抗自然，不肯枯萎。最后，它成了王子新娘手上的一枚戒指。

每一棵草都会开花，而真正看到狗尾巴草开花是最近的事。它总是那么婉约低调，不单是它的爱情，为草处事，就连一生中最最美好的花事也是秘而不宣，安安静静的、淡定自若的样子，很容易被忽略。

那一日，望着路边逶迤到很远很远的狗尾巴草，我突然觉得这个尘间无比可爱有趣，每个生命都有独特的活法，每一个认真活着的生命都值得尊重和仰视。

# 落叶之美

晚秋里的场景多是落木萧萧，无边无涯。萧萧，看似凄凉落寞，其实是耽美的，深藏着一股静气。斜晖脉脉，无边落叶，静寂之秋因这空旷清美显得从容大气起来。满地落叶，不觉得肃杀，却展现着一种恢弘的气势，还有静看世间沧桑的气度。

有人说，落叶是疲倦了的蝴蝶。它到底是倦了、累了，算算，从春到夏到秋，站在高高的枝头，抛头露面，风来雨去，迎来送往，多辛苦。生如夏花之绚烂，死如秋叶之静美。枝头上三季，它甘做绿叶相陪，以己之身成就花之灿烂。我信落叶不死，死便寂了。尘归尘土归土，从哪里来到哪里去。它落下去，只是回归质朴，回归亲爱的大地。

儿时曾有捡拾落叶的经历，落叶于我，有着难以言说的亲切。竹篮，林间陌头，瘦小的身影，沙沙之声，偶有一两只受惊飞掠起的鸟雀。小小的眼里亦闪出一丝惊怯，瞬间又被内心的欢喜平息了。捡回这些叶子，一顿饭就有了着落，似乎看到这些叶子，就已经闻到了饭香。

落叶就是这样亲切温厚，不惜燃烧自己，来温暖人间的贫穷苦寒。苦了，累了，倒下了，也要尽自己最后一点儿绵薄之力。

再一次看星爷的《大话西游》，忽然觉得，从至尊宝到孙悟空的蜕变，像极了一枚叶子成长的过程。也有人说，反应了从一个男孩儿到男人的心路历程。总之，都是一种成长。昔日枝头上哗哗流淌的快乐时光，在季节的大手拂过时，开始颤颤。空中争斗，旋转，悟得再也回不去了，安心地落下，化作季节的绒毯，护佑大地。不是妥协，而是以天宽地阔的胸襟拥抱世界。至尊宝不也是这样嘛，月光宝盒不行，幻想更不行，要与牛魔王相较，必得强大自己，成为孙悟空。活在现实中，苦难重重，不得不磨砺出一副如落叶般天宽地阔的胸怀，练就一套高过现实的真本事。

一直觉得张恨水《夜深沉》里的结局让人觉得神伤，那个刘姓坏人没有得到惩治。丁二和，一个大军阀的后代，落魄到没有饭吃。为了养活瞎眼的老娘，在当年父亲的手下刘副官的公司里做事。刘表面上念旧情，给他安家娶妻，实则不过拿二和当一枚棋子来耍。后来，为了玩弄二和心中的戏子月容，不惜手段，致使二和家破人亡。有一千一万个理由，值得二和同他拼命。到最后，二和却放下了那把尖刀，只在俱乐部门口的窗下站了一会儿。不知不觉已经下了雪，满世界的银白。

一日，看了秋光里萧萧飘落的叶子，豁然懂得了这个结局的意味。想必二和的心里和雪一样洁净明朗，多行不义必自毙，让天来惩罚恶人吧。血债血偿，不但会加倍痛苦，还会脏了一双净白的手。要做的只是放下爱恨情仇、一己之冤，不让仇恨萦怀，留待心中一片朗月风清，像落叶一样爱这世间。

活着，是多么美好的事情，当如同落叶，气宇潇潇，满怀大爱。

# 静美的光阴

## 1

晨起，浏览博客，看到一幅图：三个穿旗袍的女人。俗语有言：三个女人一台戏。女人们之间似乎唧唧喳喳的热闹永远是主题。而这幅图中的女人却是安静的、和谐的。寂静相知，默然欢喜，组成了一幅静美恬和的光阴图。

是素常的午后，风儿轻柔，云儿闲淡，草木青青。阳光如金绒线，斜斜，一点一点，从雕花的窗棂掠过。一个女人坐在凳子上低头刺绣，一个女人站在一件新衣前整衣，一个女人坐在缝纫机前缝衣。窗前挂着鸟笼，有鸟儿蹦跳玩耍嬉戏。地上有猫咪，偎依在脚前，悠闲自得，闭目打盹。

三个女人各自忙着手中的事情，谁都没有开口说话，却是早已心领神会，深深懂得，此时无声胜有声。从她们恬静舒展的面容看，她们的心也是恬静舒展的。

那样静恬安然的时光，是素常生活中不可少的最美好的留白。人与人之间都需要一些安静的留白来“虚度”光阴。有时候，甚至是更多的时候，这个世界需要安静，人心需要安静。静比唧唧喳喳的闹要美好得多，且有风致得多。

“旗袍曼妙，浅笑盈盈。这静美的时光啊，让人心动。”又静又美的盈盈时光，不由得人不心动。

## 2

每天傍晚，绕着绿油油的草木植物，有一个多小时散步的时光，我在手机上很偶然地下载了曹文轩先生的《青铜葵花》来听。

一向很少看童话，而这次的偶然却把我带入了一个纯美的世界，文字美，故事美，人心美。有时候，想多听一会儿，不知觉地就延长了散步的时间。

故事中的大麦地是一个淳朴自然的小村庄，那里的人很善良宽厚。最有意思的是青铜家，他们把牛不是当作牛看，而是作为家里的一个成员，常常和牛交流。青铜是一个哑巴，却非常地懂事，也最懂牛。

城里女孩儿葵花来到了大麦地，被青铜家收养。青铜家虽然是大麦地中最穷的人家，可他们对葵花很好，爱向邻居说葵花，说葵花时先要加上“我们家葵花啊”，语气里满是骄傲和喜悦。哥哥青铜把上学的机会给了葵花，妈妈把压箱底的衣服拿出来给葵花改成了花衣服。

阒静的晚上，谁要是路过他们破旧的茅草屋，可以听到“咯咯”的笑声，那是他们一家人在聊天说笑呢。

他们静恬美好地生活着，同时也经历了水灾、火灾、蝗灾，可他们一直坚强乐观着。

葵花在十二岁的时候又回到了城里。在大麦地的那几年光阴成了她最快乐最静美的一段时光。

我的枯燥寂寥的散步也因了《青铜葵花》而美好起来。在长长的静静的青草茂密的小径上，听着听着，总是会跟着故事中的他们或笑或忧或坚强。

## 3

天天，月月，年年，总有一场又一场美好的遇见。遇见一幅合意的怦然心动的图画，遇见一个有味道的美丽故事，遇见一朵盛开的花，遇见一个阳光明媚的天气，遇见一段静美的时光……

那都是我们的福气。

在这美好相拥的相遇里，心平静了，气顺畅了，一切都有了又宽又厚的铺垫。

现世的安稳，岁月的静好，由那一段段静美的时光像织锦缎一样织成美好静气的一生一世。

虽然这遇见平凡又平庸，没有热闹和绚烂，没有“高蹈和远行，飞动和炫美”，却可以像诗中的样子：带着终于爱上的平庸，它那样恬静，它那样温暖，像一只厚实的手筋骨沧桑好配得上夜色苍凉，内心温存好配得上长命的月光。

# 水风凉处读闲书

清代姚文田为自己的书房题过一副深得人心的对联：世间数百年旧家无非积德，天下第一件好事还是读书。尤其在炎夏漫漫，容易让心情也跟着要燥热烦闷，脾气要急躁的季节，唯有读书这件天下第一等的好事可让人轻松地宁静下来。佛家曰：能辞烦恼，便得清凉。手执一本赏心悦目的闲淡之书，散散地看着，若再有流水声泠泠，有清凉风徐徐，人间世上有多少躁多少闷多少烦恼不被流走吹散呢？

其实初夏时节北京城还很舒适，天气好，晴朗明亮，温度适宜，且伴着惬人心怀的飒飒清风。很多花也开得好，如蔷薇花。出门来，满世界都是蔷薇粉，都是蔷薇红，都是风中蔷薇的香味。车水马龙的大道间，高楼大厦间的空隙处，只要有土的地方，只要长草木，便是一派新绿碧翠。而周末无事，孩子在家无聊，一家人商量着要趁这良辰美景去逛北京的公园。

看了近处的几处公园后，去了东南二环上的龙潭湖公园。我们绕着龙潭湖转了一圈，为清碧的湖水和那种闲适的清爽氛围倾心不已，便回转过去，在一处有荷的湖岸边逗留玩耍。那荷虽养在湖中，却是杨万里诗中的模样：“泉眼无声惜细流，树荫照水爱晴柔。小荷才露尖尖角，早有蜻蜓立上头。”不远处的湖水里，一群鸭宝宝在鸭妈妈爸爸的带领下学游泳。孩子的爸爸带孩子兴致盎然地跑去看，我便在湖岸边的杨柳下坐下来，清风拂过碧水清荷，曳动曼柔的柳枝，送来缕缕清凉。想起朱淑真的诗句“独自凭栏无个事，水风凉处读文书”，觉得这书该是闲淡之书，以轻快朗悦心读之。恰好带了一本散文随笔，性情文章，而兴之所致，风吹那页就读那页。所谓世间的幸福，莫过于此。

后来每个周末都想着往那湖水边去，吹吹凉风，读读闲书。然而夏至到来之后，天气越来越不对劲，北京城真正热起来了。夏日也开始一连串烧下去。有时闷热至极时，忽然就来了一场暴雨。这样的周末只能待在有空调风扇的屋子里，望着外面的空阔世界叹息，遥想明年的初夏时光。

而孩子在家闲不住，爱到处折腾。那个午后，我在小客厅的沙发上躺着，没精打采，恹恹欲睡间竟听到了久违的如风铃般悦耳的泠泠水声。我侧转身，看到孩子站在水管边正玩他的漏沙子的玩具。他把水当成了沙子从漏斗间流下去推动下面的圆形锯齿样的轮子，那真像立在水中的滚动着的风水轮。

我为孩子的小折腾莫名欢喜起来，正要表扬他几句，不料却停电了，屋子里少顷后热气蒸腾，令人心烦气躁，难以忍受。只好把家里所有的窗户都打开，门也大开着。孩子竟然安慰起我来：“妈妈，水在我的玩具上流，屋子里一会儿就凉快了。”而这时，屋子里的空气也果然流通了许多，对流之下，时而有风吹过。

那个下午一直没有来电，而我的心情却比往常好得多。我散漫地倚在沙发上，看着喜欢的书，风从泠泠的水声上飘过来，似是又回到了湖边读书的时光。那种喜悦像重要的东西失而复得。

到那时才知道，内心的烦恼得失和天气季节其实是没有关系的。像过去年代“有条件要上，没有条件创造条件也要上”这句号召一样，人间的欢悦和幸福也是如此。幸福的时候要珍惜；没有，要想办法去创造。

# 看一朵花，吃一顿饭

多次去那个叫园博园的园子，因为“博”大，一直未走到最东边。前天又去，就直接从东边的门进去，才知道那边原来是很大的一片湿地，植物以芦苇和菖蒲为盛。

门口不多远，是一栋三层西式红楼，有浅浅池塘环绕，池塘里养着睡莲。已是秋天深处，睡莲也随着季节凋败了，午后的池塘萧瑟寂寥，却也十分清宁。

池塘上有木桥，可通向芦苇地中的木栈道。芦苇长在浅水里，木栈道纵横其中，弯弯曲曲，很有意境。孩子和我都觉得走木栈道有趣，我们遂决定不走大道，而是穿过池塘到木栈道上看芦苇和菖蒲。

往木桥上走时，却见西式红楼后，有一个中年男子蹲在池塘边，对着池塘笑嘻嘻的，还自言自语，很快乐的样子。我们好奇地看过去，竟发现，那萧条的塘里，有一朵小小的白睡莲在静静开。那中年男子看安静的一朵花，看得满身喜悦。不认识我们，他却和我们很开心地打招呼，像认识了很久一样。

然后他站起来走到红楼的窗边，敲敲玻璃，对里面的人说：“妈，你出来看啊，有一朵莲花还在开，真好看呵。”

那朵让中年男子感到喜悦的小莲花，其实平常，只是在一派枯败凋零的景象中显得不同。它轻舒莲瓣，洁净静谧。仿佛很任性，又仿佛很懂事，在季节边缘做最后一点儿坚守。

孩子急着去木栈道，我们没有等老夫人出来看花儿就去了芦苇地。芦苇很高，叶子都黄了，芦花的白也转成了褐。菖蒲也老了、瘦了，上面结着黑褐色的椭圆形的壳，从裂口的壳里看到些微的棉絮样的丝绒。一路上，我在给孩子讲我小时候外祖父如何用芦花给我们小孩子编草鞋穿的往事。

一家人走在午后的淡淡秋风中，平静温和。即使景致寥落，也令人心生喜悦，而觉得天地静美，万物亲切。

出了木栈道就要走出湿地了，我们在一条红砖小路上也发现了一朵让一家人快乐的花。那是一朵不知名的小紫花，它的根长在草丛中，而茎却长长地伸到了小路上开出了一朵六瓣的小紫花，挡住了行人的路。有人看到了，笑笑，绕了过去。有人仰着头往前走，把它挤一边儿去了，那个人走了，它又倔强地回到了原来的位置。

我们看着那朵小紫花，觉得它的倔强好玩，又着实可爱。我们对着它开心地笑，和它合影，一遍遍夸赞着它的美。磨蹭着不想和它道别。

其实，那小紫花也平常得很。任何一处园子中，或者郊外，都能看到那种小紫花。不是故意去养的，只要有土的地方，只要宁静，大自然就会赐予生命的芬芳。然而就是这些平常的事物，那朵白睡莲，这朵小紫花，都会无端地令人快乐。

像这样简单的莫名的快乐，我们每天都在经历。

钱锺书说："洗一个澡，看一朵花，吃一顿饭，假使你觉得快活，并非全因为洗澡洗得干净，花开得好，或菜合你的口味，主要因为你心上没有挂碍。"

挂碍的字面意思是牵挂、惦念，在这里，也许可以引申为烦恼、忧思、欲望、负担等。当一个人抛却烦恼、琐事，没有负担，一身轻松，心思宁静安然的时候，哪怕平平常常的事物，也会觉得好和适宜。

朋友圈中看到一位同学发了一张照片，是很平常的日常景象。家中素朴花布的饭桌上，筐子里几个馒头，静静的。桌子中间一盘素淡的豆角肉丝，周围几只青花瓷碗里，盛着温润的玉米粥。这场景家常而清素，却让人看得内心暖暖的，仿佛能闻得见豆角的清香，感受得到玉米粥的温度。

同学在这家常的情景外旁白道：今天的晚饭是我做的，极其简单但极其可口，非常适合我们这种农忙时节干活回来的人，我哥对爸妈说，这是恁闺女第一次给你们做的饭。以后争取多做。

我这同学十几岁就离开家读书，毕业后又留在了外地工作，去年又嫁到了外地，与家人相聚的时间实在不多。于是趁着短短的假期，千山万水奔回老家，与亲人相守几日。想那日常的素简晚饭，她和她的亲人，一定吃得很知足快乐。

和家人相守着素常日子，心无挂碍。闲话日常，说说笑笑，轻松宁静，虽是粗茶淡饭，亦可吃出好滋味来。

有时候不妨静下心想想，忙忙碌碌到后来，追求的还是这种心无挂碍的简单幸福感。那些繁华盛景，光怪陆离，那些追求而不得的烦扰，不过是心田上的烟花一瞬，海市蜃楼罢了。我们内心最想拥有的，其实是一些平平常常的幸福。看到一朵花，觉得快乐，感到美好。吃一顿饭，觉得有滋味，感到知足。

# 素心若简

迷恋过一句话：宠辱不惊，闲看庭前花开花落；去留无意，漫随天外云卷云舒。就像读书时老师让背《岳阳楼记》，其他的记不住，单单那句“不以物喜，不以己悲”，过目可诵。其实并不明了其中深味，那样心地洁白的年纪，喜欢的不过是字里行间那种闲闲的淡淡的静静的味道。

大学时去城南的书市闲逛，偶然遇见了洪应明的《菜根谭》，“嚼得菜根，百事可做”，于是喜不自胜，欢欣购下。回去翻看，这才知道那句曾经很迷恋的庭前花开天外云舒，竟出自手中的书。自是很珍视了一段时间，然而终究青春正盛，心地高远，繁华景致自比菜根耐品耐看，《菜根谭》的命运最终被束之高阁，烟消云后。

然而人世风波里颠簸一道，当身心俱疲，一个人在夜静月明中思虑徘徊，竟一缕一缕从心底浮起了当年月白风清的情怀，“宠辱不惊，去留无意”，熟识的句子，隔了那么多岁月从唇间如清泉一样缓缓而出，依旧明澈而清新。像《云水禅心》里面的那句歌词：“潺潺清泉濯我心。”

可是，那本喜爱过的《菜根谭》已是踪影全无，不知被我遗落在哪一个尘埃深处。到底是缘分未尽，与它又在图书馆里欣然重逢。那段迷茫烦闷的日子，日日与书里那些淡然智慧的字语耳鬓厮磨，为自己终于寻到了一个宁静的所在。

木心说：“我发现很多人的失落，是忘却了违背了自己少年时的立志，自认为练达，自认为精明，从前多幼稚，总算看透了，想穿了——就此变成自己少年时最憎恶的那种人。”

到忘却了才恍然憬悟，一路追来逐去，兜来转去，内心里真正追求的不过是年少时的梦想。像年岁一样洁净白亮，闲闲的淡淡的静静的生活真味。那样一颗来时似雪般无瑕的素心。

耽溺在闲静淡然的光阴中，喜欢上了民国时期的文人，尤其是丰子恺的散文和漫画。他的字和画非常朴素、简单，是素常的生活状态，却饱含着一种令人很舒服的诗意和安然，很真切的世间情味。那样一个战火连天的岁月，他的心静好得如同他笔下的画和字，那么淡然而自若。有人说读丰子恺的作品，常常能给人们带来许多欢乐和希望，使人忘记痛苦和烦恼。

《丰子恺传》中这样介绍他：丰子恺自小便被包围在脉脉的温情中，这种温情后来跟随了他一生，浸透在他的性格里，使他总是以温柔悲悯的心来看待事物；发散在他的笔下，就变成平易的文字和纯仁的画风。俞平伯曾评丰子恺说：“一片片的落英，都含蓄着人间的情味。”

这样的丰子恺不曾违背最初雪般无瑕洁净的素常之心，不仅温情一世自己，也温情世世代代人间。

近年来，又知道了一位和丰子恺画风近似的画家老树。对他了解不是很多，只是偶尔看到朋友们转发到空间里的漫画，深深喜欢。印象最深的是那幅“待到春风吹起，我扛花去看你”。清风、白衫、红花、碧水，漫漫诗情，无限美好清宁。原以为他也是民国人，后来看到朋友们转来的他演讲的视频，才知道他和我们一样，也生活在缤纷复杂的现代。

如果说民国时期的动乱和战火，是由不得我们自己做主。那么，如今和平下的物欲和缤纷更是对心灵的冲击，要的是岿然不动的朴素寻常心，不为眼前所惑。老树在当下尤为难得。

从他的讲演里知道，他曾经走过弯路，做过很多行业，也下海经过商，而最终又回到了本真，活回了自己。他有一间地下室，没有信号，那是热闹生活中他最喜欢的寂静之地，很多作品都是在那里完成的。

他提到了冯友兰的话：哲学不是让一个人成为什么样的人，而是使人成其为人。他深以为然，也受其影响。他在最后说，活回你自己，不是证明给别人看的。让内心丰富起来，活得有意思，活得好玩，不要看别人的脸色。

到最后，我们也许真正关切的，不是大富大贵了、功成名就了，而是活回自己，成其为人。就像老树的一幅画里所说：平然活着就好，成功又能怎样？总是刹那快感，然后无限惆怅。

活回自己喜欢的自己并不是一件容易的事，它需要一颗坚定的素静之心，不为外界的五彩缤纷而改弦易辙。有一个成语叫素心若简，简又有三种释义：一是古代用来写字的竹板，二是书信，三是不复杂。这些解释都好，若一个人的心可以像竹简一般充满古意，又像书信一样素朴，又简单得一尘不染，那么一定会按照自己喜欢的方式而活，以有限的生命去做好自己喜欢的事。